U0925576

梅洁

乡愁文丛　王剑冰　主编

寻找家园

梅　洁　著

中原出版传媒集团
大地传媒

大象出版社
·郑州·

图书在版编目(CIP)数据

寻找家园 / 梅洁著.— 郑州 ：大象出版社，
2017. 5
(乡愁文丛 / 王剑冰主编)
ISBN 978-7-5347-9185-7

Ⅰ. ①寻… Ⅱ. ①梅… Ⅲ. ①散文集—中国—当代
Ⅳ. ①I267

中国版本图书馆 CIP 数据核字(2017)第 045427 号

乡愁文丛
王剑冰 主编
寻找家园
梅 洁 著

出 版 人 王刘纯
策 划 王刘纯
责任编辑 司 雯
责任校对 张迎娟 安德华
装帧设计 王莉娟

出版发行 大象出版社(郑州市开元路 16 号 邮政编码 450044)
发行科 0371-63863551 总编室 0371-65597936
网 址 www.daxiang.cn
印 刷 北京汇林印务有限公司
经 销 各地新华书店经销
开 本 787mm×1092mm 1/16
印 张 15
字 数 147 千字
版 次 2017 年 5 月第 1 版 2017 年 5 月第 1 次印刷
定 价 32.00 元

若发现印、装质量问题，影响阅读，请与承印厂联系调换。
印厂地址 北京市大兴区黄村镇南六环磁各庄立交桥南 200 米(中轴路东侧)
邮政编码 102600 电话 010-61264834

找得到灵魂家园，记得住美丽乡愁

——“乡愁文丛”总序

王剑冰

我们强调保护中国的传统文化，而传统文化当中就有乡愁。乡愁是中国人热爱家乡、牵念故里的独特情结，是一种美好自然的文化观念。社会越是变化、越是浮躁，这种情结就越显珍贵。乡愁也是一种寻根意识，记住乡愁，记住美好的童年，记住美好的向往，也便是铭记我们的根本。

我们每个人都是故乡的一片叶子，这片叶子无论飘落多远，都无法摆脱大树对于叶子的意义。一个人的身上总有着故乡的脉络，流着故乡的血，带着永远不可改变的DNA。一个个的人也可以说是一个个村子的化身，他们走出去，分散得到处都是，却不会把村子走失。

说起乡愁，那是一种与生俱在的情怀，住在心中的故乡常常鲜活在那里。故乡是安放你的灵魂、温暖你的寂冷的地方，是接纳你的疲惫、抚慰你的忧伤的地方。翻开一页页被繁忙弄乱的过往，记忆中的余香总在儿时的故乡。那里有我们最亲密的玩伴、最爱吃的食物、最漂亮的衣衫、最天真的憧憬。而芬芳入梦的，多是亲人亲切的面容与温馨的相聚场面。那些亲人或已故去，或还在乡里。现在多数人对故乡的感觉同对年节的感觉一样，那种热闹团圆、香气弥漫的味道是乡情中最重要的部分。“每逢佳节倍思亲”，所以归乡最多的时刻是年节，带着满满的怀想、满满的辛苦，万水千山相携于途，构成最为壮阔的乡愁景观。古往今来，人们因为各种缘由漂泊在外，但总是要找机会赶回故里。金圣叹曾列举“不亦快哉”之事，其一即是“久客得归，望见郭门，两岸童妇，皆作故乡之声”。然而他们的欢喜中又带着那种“近乡情更怯，不敢问来人”的复杂心理。漫长的时光已然流逝，乡愁的话题始终没有停息，情怀早已渗透于诗歌典章，直至后来，还有余光中、三毛、席慕蓉不约而同地同题《乡愁》。

诚然，远在故乡之外的游子，生发的多为眷念之情，即使老杜有“漫卷诗书喜欲狂”“便下襄阳向洛阳”的返乡之举，回到家乡也还是要再出去，因“莼鲈之思”而辞官归返的张季鹰毕竟是少数。还有，余光中的《乡愁》或代表了一些人对于故乡的认知，那就是故乡即是母亲（或双亲）的代名，对于故乡的怀念即是对于母亲的怀念，回故乡即是为了看母亲，母亲不在了，故乡的概念便模糊起来。随着生活的变化，有人也不可避免地遇到了回乡的矛盾，记忆与现实发生了冲突，那种期待值与仪式感渐渐折损，许多美好已然变成了永久的追忆。所以有人会说："我是真的爱家乡，不过爱的可能是记忆里的家乡。"确实，没有一成不变的事物，这是时间所带来的不可逆转的事实。然而不可逆转的还有那份强烈的牵绊，永恒的顾念并未因此而中辍，情感的执拗还是同那些疏离与怨怼扯断了关联。生生不息地以文字表达出来的乡愁，也成为中国文学中一个特有的传统。

作家们大都已离开生养自己的故土，但我们却能看出那种深深的乡愁情结，这其中有写生养自己的故乡的，也有写生活过的第二、第三故乡的，还有赞美如故知的他乡的。文丛中，地域山水皆有代表，民俗风情各具特色，多方位地展现出人与历史、人与环境的关系，彰显对亲人故土的真挚情怀以及对世态人生的深切感慨，给我们带来亲近，带来回味，带来启迪，让我们感受到温馨而深挚、苍郁而辽阔的文字力量。

我们说，在意乡俗年节，提倡尊崇温情，爱护碧水蓝天，留住美好记忆，是和谐社会建设的内容之一，也是复兴民族文化的核心之一。这样会把我们赖以生存的环境保护和建设得愈加贴近期待与理想，也会使我们愈加容易找得到灵魂家园、记得住美丽乡愁。大象出版社倾心打造这样一套阵容壮观的“乡愁文丛”，就是带有这样的初衷。该文丛是具有欣赏性、研究性、珍藏性的文学工程，也是一种文化的记忆与期望。“故乡今夜思千里，霜鬓明朝又一年。”随着时间的挥手远去，这种记忆与期望会愈加显现出它的意义。

2017 年初春

目 录

第四辑 泪水之花

第一辑

一种诞生

我的感动并不是对一种『生命状态』的觉醒和启迪，而是在我童年的记忆里，永远滞留着一个鹰一般矫健的运动生命，他犹如宇宙中的一股白色旋风，岁岁月月在我心灵的长廊回旋。

关于父亲

白色旋风

我很恋我的父亲。

某一天，当我发现，体育已成为民族精神的凝聚，成为民族强弱兴衰的象征时，我流泪了——作为一个真正的体育人多么光荣！

我的感动并不是对一种“生命状态”的觉醒和启迪，而是在我童年的记忆里，永远滞留着一个鹰一般矫健的运动生命，他犹如宇宙中的一股白色旋风，岁岁月月在我心灵的长廊回旋。当我每每感悟那只鹰时，它就穿越时空向我展翅而来。于是我就看到他剪着颀长的双腿、交替着健美的双臂，在单杠、双杠、木马上紫燕般翻飞旋转；看到他静若一只神鹰，展翅俯冲在两条绳子系着的吊环中间；看到他旋转着白色躯体，把标枪、铁饼连同呼呼的风声掷在了60米开外；看到他“嗖”地一跃，白鱼般钻入江底，然后在30米、50米以外露出江面……

这便是我的父亲，我的犹如白色精灵般的父亲！我的在20世纪50年代中期就获得了“国家健将级运动员”称号的父亲！

我的父亲本该有他一生的骄傲，一生的光荣，但他却一生都在承受风雨磨难。当他最终告别这个世界时，他居然痛苦万般地说：“我一生的苦难，归其究竟是我当初不该选学体育……”

我的父亲最终未能破译他人生苦难的密码，他携带着极大的心灵迷惘和苦痛，化作了一缕白烟，在宇宙间消失得无影无踪。唯有他的女儿知道，他曾经是怎样一只魅力非凡的“神鹰”，一阵玄妙无极的白色旋风！

瞬　间

1947 年冬天，湖北郧阳解放，已大学毕业 4 年的父亲终于获得了一份稳定的工作。1947 年以后的十年，我从一个咿呀学语的小女婴长成为一个开始懂事的小姑娘。这十年，是我和父亲最亲密的十年，也是我了解父亲最多的十年。

行政专署所在地的湖北郧阳府，由于三千年文明史的文化影响而充满了一种古朴向上的民风。这座古城里有一个偌大的体育运动场。在这个体育场里，每年都要举行包括田径、球类比赛所有项目在内的大中型运动会。在所有的运动会上，身着白色运动服的父亲，总是像一只矫健的鹰出现在各种场合。从亲自参与组织各类运动会到担任田径或球类竞赛裁判；从参加标枪、铁饼和体操全能的比赛到月光下拎着灰桶画 400 米跑道线和篮球场地；有时，父亲背起突发伤病的运动员飞跑着上医院，有时又为扭伤脚骨的运动员按摩接骨……在鄂西北那所偌大的运动场里，洒下了父亲无数的汗水，也闪烁着父亲为理想而奋斗的生命之光。

也就是在这岁月的瞬间，父亲以体操、标枪、铁饼、万米长跑等方面的优异成绩，获得了“国家健将级运动员”的称号。

我常常从梦中醒来，发现父亲在雷电交加声中翻身下床，然后箭一般冲进风里雨里。我从母亲那里得知，原来每当这种时刻，父亲不是想起有一块运动垫子或一只跳箱没收进屋子，就是想起教研室的窗子没有关好，他怕大风大雨毁坏了这些东西。

父亲一年四季都爱穿一身白色运动服。而父亲的运动裤、运动鞋居然都是母亲手工缝制的。20 世纪 50 年代，父亲一月只有 49 元工资，负担着全家六口人的生活，我们兄妹四人都在上学，家里的生活紧紧巴巴。每月父亲一发工资，母亲首先去把全家一月的粮食买回来，其余的精打细算，有钱就买菜，没钱就少吃菜或不吃菜。那时候，到缝纫社做条裤子加工费只要 5 角钱，但母亲仍是亲手为父亲缝制。母亲的针线极好，3 角、5 角钱一尺的白斜纹布或白华达呢经母亲精心裁剪，裤侧线用钩针细细密密地缝，一条像样的白西裤或松紧带运动裤、一双布底白力士鞋就完成了。母亲总是把父亲打扮得英俊挺拔。

母亲常常欣赏着父亲对我们说：“你爸爸身材好，受打扮，穿什么都精神。”而父亲却笑着说：“是你妈手巧，针线好……”

记得每每在夜晚睡下后，父亲总爱为我们兄妹量身高或上身与下身的比例，然后笑着对母亲说谁长大了适合做运动员，谁不适合。父亲说我下身比上身长，断定我长大后能成为一名运动员……

小学四年级时，我写了一篇命题作文《我的家庭》，内容大约就是这些。后来这篇作文被拿到郧阳师范学校去展览，当作范文，因为我所在的学校是这所师范学校的附属小学。

彼时和此时，我记下的无非是一个平凡的生命艰辛的奋斗和一个清贫的运动员之家的“天伦之乐”，然而这一切，对于父亲和我们，都仅仅是一个瞬间……

血脉相传

1957 年夏日的一天，父亲下班回来，拿了一本《新体育》杂志，封面是我国跳高运动员郑凤荣剪式越杆的彩色照片——郑凤荣以 1.77 米的成绩打破了那一年的世界女子跳高纪录。午饭间，父亲非常激动地向我们讲述着郑凤荣。几十年过去了，我始终难忘父亲那一日的亢奋，难忘杂志封面上那个身着红色半截袖运动衫、短发飘飞、双腿紫燕般剪着飞越跳杆的大姐姐。

自此，那美与力的瞬间在我少女的心灵里哔哔剥剥燃起了熊熊的理想之火，我居然发疯似的想长大后也当个跳高运动员，去打破世界纪录。我自觉地开始强化训练——每天午饭后或放晚学后，我就在小学校操场边的一个沙坑里，独自一人几十次、上百次地跳跃、翻滚、越杆……打着赤脚，疯了一般。在此之前的这个时间里，我总是草草吃完饭撒着丫子跑到新华书店或钻进教室抢着看长篇小说《高玉宝》《钢铁是怎样炼成的》《牛虻》《青年近卫军》《青春之歌》《卓娅和舒拉的故事》等。后来的年代里我没有长高，1.60 米是我现在的身高，我不知小学四年级的我那时有多高，但我清楚地记得，在半学期内我居然越过了 1.10 米的跳杆，我的跳远成绩达 3.98 米，超过了班上所有同学！

父亲知道我迷上了体育很高兴，他开始有步骤地训练我的短跑速度和弹跳力，从如何起跑、如何摆臂、如何越杆一一教起，纠正过去所有的不规范动作……父亲总是 50 次、100 次地让我高抬腿原地跑，春夏秋冬，父亲一有闲暇便带我在跑道上练，在沙坑里滚。

后来，我在全专区小学生运动会上获得 60 米短跑第一名；中学时代我能以 14.1 秒和 13.9 秒的百米速度，5 次参加襄樊市和湖北省的青少年运动会并取得 100 米、200 米比赛中的好成绩；在女子 400 米接力、800 米接力赛中教练总是安排我跑第一棒；高二时，在全市中学生女子乒乓球淘汰赛中，我过关斩将，36 场激战后取得了冠军，最终获得国家体委颁发的乒乓球等级运动员三级证书；高中三年我一直担任校学生会文体部长，直到考上北京的一所大学后依然担任体育班长……

我想，这一切都是另一个运动生命的真诚赐予和父亲生命信息的必然传递。在我为理想奋斗的真情中，我生生觉着，我的血管里汩汩流淌着父亲殷红的血液！

雪天的祭奠

1958 年春节刚刚过去，一天傍晚，我和弟弟妹妹在院门外马路上踢毽子，只见平日去过我们家的一位父亲的同事站在路边一堵很高的石坎上喊我弟弟："梅四，回去让你妈给你爸爸拿几件衣服和洗漱用具来！"我和弟弟妹妹飞跑回家告诉母亲，母亲听后一愣，随后哇的一声哭了起来："娃子呀，你爸爸'出事'了……"母亲搂着我们，一家人哭成一团，我们虽然不知道到底发生了什么，但我们都有大祸临头的恐惧感。

父亲工作的学校离我们很近，第二天我即看见校门口的墙壁上贴满了批判父亲的大字报，凡是写有父亲名字的地方，全用红笔打上了“×”，父亲被画成了“头脑很小，四肢发达，身后拖着一条又粗又长的毛尾巴”的畸形人。从此，“资产阶级右派”的帽子便成为父亲和我们一家人长达 20 年的政治苦难！

父亲被隔离了，后来又被送到很远的山里喂猪、放羊，这是我们很久以后才知道的。母亲让我去父亲的学校代领工资，当母亲发现父亲的工资只剩下 24 元时，又搂着我们哭了起来，母亲从父亲工资的大量减少中预感到父亲的“问题很严重”，我也隐隐感到我们家的灾难真的来了，心里非常恐惧。为了生活，母亲开始到一处基建工地挖土方，挖一方土挣 8 角钱；大我五岁的哥哥课余和假期到文化馆画画，为我们挣学费；我和十一岁的弟弟星期天都去挑砖，我们每人挑六块，往返五里地，挑一块砖只挣 1 分钱脚钱，我们一天挑四趟或五趟。我们什么苦什么累都能忍受，万分悲苦的是我们一直不知父亲在哪儿，不知父亲什么时候才能回家。母亲常常独自流泪，看着母亲哭，我们就像一只只受伤的小雏鸡，幼小的心灵里充满着难以言说的酸楚、孤独和无望。

那一年的冬天，一个黄昏，父亲突然出现在我们面前，他蓬头垢面，我们和母亲大哭着一起扑了过去。父亲告诉我们，他已被开除公职，大颗大颗的泪珠从父亲青黄而消瘦的面颊上滚落下来。原来父亲被划成右派不久，就被秘密送到一个坐落在深山里的农场接受劳动改造，父亲喂的一窝小猪崽不幸患瘟病死了，监督父亲改造的一位曹姓教员诬陷是父亲害死的——这位先生我们平时都认识，他是父亲的同事——这便罪上加罪了。其实有谁知道，父亲是夜夜将自己的破棉袄、破棉被给患病的小猪崽们盖上，而自己却冻得瑟瑟发抖，不得不靠着母猪取暖，就像他童年在牛圈里依偎着母牛度过寒冬一样。可人心叵测啊！我虽然还不明白世间所发生的一切，但我却分明感受着一种万箭穿心般的疼痛。

不久，父亲母亲带着弟弟妹妹被遣送到鄂西北的山区，他们被取消了城市户口，到山里当农民去了。在完全失去尊严和自由的年代里，父亲仍以不泯的真诚和坚毅面对苦难的生活，他依然每天早上 5 点起床，沿着坎坷不平的山路，跑五里、六里，甚至十里！父亲还在幻想什么呢？

1979 年 7 月，父亲长达 20 年的冤案改正了，一辆黄色吉普车把父亲和母亲从山里接了回来。许多和父亲同命运的人都又重新走向了讲坛，而父亲却永远不能！他老了！他教不了体育了！他被分在了校基建工地，除每天负责领发保管基建材料外，父亲总是在基建工地上捡拾丢弃的东西：半袋水泥、一根铁丝、几枚螺丝钉、一节绳头儿，以及废弃的水泥包装袋等。父亲常常一板车一板车地把这些废纸袋、破绳头儿、锈铁钉拉到废品收购站卖掉，卖的钱全部交给学校。谁也没有让他这样做，他却默默地做着这一切。

做着这一切的父亲给远在塞外工作的我写了信，他在信中说，他做梦都想再给学生们上一节课，他说教语文、化学、数学的老师都已重新走向讲坛，他却不能；他说在几十年的改造中他都没有停止锻炼，原因就是担心有朝一日回到学校不能工作，而现在却真的不能了……

我知道，父亲忍受着事业、人格、尊严全部失去后的巨大苦痛和迷惘。他在信的末尾写道：“我一生的苦难，究其根本是我当初不该选学体育，现在我已明白，从 1958 年伊始，我体育运动的生命就结束了……”

1979 年 12 月 30 日凌晨，父亲带着他一生的苦难和迷惘，永远离开了这个世界。天亮，鄂西北的天空飘飞起漫天的大雪，雪下了两天，静静地覆盖了整个秦岭巴山，世界一片苍茫洁白……

我将这场大雪视为对一个苦难知识分子的祭奠。

关于父亲的一首诗

父亲去世后，我带着孤苦悲怆的母亲，千里迢迢回到了塞外。从那时起，我便无法遏止地想写东西，我的眼泪每日不断，我的创作欲每日不止。几十年的酸甜苦辣犹如决堤的洪水，每日冲刷着我悲苦的心。170 行的长诗《弯弯的石径》就是在那些日子里完成的——

……

父亲，我没有忘记

你说木槿花盛开的时候

女儿就会唱第一支“太阳”的歌了

你说酸咪咪变甜的时候

女儿就会写第一首“太阳”的诗了

你说木香树长高的时候

女儿就能念大书了

于是，哭声跌在石径上

笑声跌在石径上

“长大了”的梦跌在你的背上

希望像苦苦菜的小花
映在你的心上
金黄金黄
……

母亲告诉我，在鄂西北深山里，父亲进行着“脱胎换骨”的劳动：当他挖完一天的塘泥之后，当他收拾完月下的谷场之后，当他拾完一天两筐的野粪之后，当他砍回够烧几天的山柴之后，当他救起溺水的儿童之后，当他截断电源、救出生产队队长之后……他便拖着疲惫的双腿和同样疲惫的心灵，夜夜去生产队的社员大会上，老实交代他一天的“言行”。母亲说，每天看着父亲卑微可怜的样子，她的心都在流血。于是，在《弯弯的石径》里流淌着我悲怆的哭声——

我的当“农民”的父亲啊
你学会使牛扶犁了
你说你愿意做一头牛
于是我想
你的双犄能挑起日月
还能挑起逝去的希望吗
我的当“农民”的父亲啊
你常常望着我们哭
说对不起我们
说我们不该和你一起背负十字架
然而，我们却沉重地背上了
我的当“农民”的父亲啊

你曾一千次地想到过死

你却又一千次地“活”了下来

……

1984年，著名的《星星》诗刊将这首170行的长诗发在了第9期上，自此，我把忆念永远摆在了祭坛上。从那时起，我便觉着，亲爱的父亲依然拉着我的手，永远地走在路上……

关 于 母 亲

我始终认为，我母亲倘若有文化，会是一个非常了不起的女人，可惜她没有念过一天书。除了善良、贤淑、坚韧和刚柔相济的秉性，我发现我母亲有相当细腻的记忆力，她同时拥有把所有记忆的往事非常真切地表述出来的能力。父亲的许多经历尤其是童年的故事都是母亲讲述给我听的。她也经常向我讲述她的童年。我不知道我日后的写作是否与母亲这些重重叠叠、情情切切的讲述有关，但我相信，从童年起就被她的故事感染和震撼的我，是在她的讲述中我长成了这样的女人……

母亲十三岁时被在城里做女佣人的我的奶奶领去做童养媳了。我奶奶做帮工的那座古城叫郧阳府，郧阳府傍临汉水，汉水从三面围拢郧阳古城，郧阳古城呈半岛状。古城也像一艘停泊在江岸的帆船，日夜飘摇在汉水的润泽之中。这种飘摇是从明代开始的，因为明成化十二年（1476 年）这里就建了府城，相当于现在的地级市。

母亲是被小花轿抬到城里的，小花轿在鄂西北的山坳里走了四十里，吹手们的唢呐嘹亮了四十里，母亲在小花轿里抹眼泪抹了四十里。

郧阳城开了七座城门，这和古代的城市多是开四座城门有区别。我奶奶在位于西城门附近的张家府上做女佣人。奶奶租用的铺板门房子也在这座城市的西边，但在城门外边，叫小西关。母亲来了之后，白天也和我奶奶一起到张府做帮工，晚上就在小西关的铺板门房子里帮奶奶给别人磨面，磨面能挣些麦麸皮做粮食。母亲的另一活计是和奶奶一起纺线，纺线的棉花是别人家的，母亲和奶奶只是挣一点工钱。母亲的纺车几乎陪伴了母亲一辈子，我懂事的时候，看见母亲还在用她少女时代的那辆纺车纺线。我是蹲在母亲的纺车边看母亲纺线时学会了她教我的第一支儿歌："棉花白，白棉花，纺线的姑姑在想家；线儿长，线儿短，姑姑不知家在哪儿。"许多年我都顽固地认为，这首儿歌绝不是什么流传，它是母亲自己的创作。那是她在思念外公外婆和山坳里的家时的独自低吟。今天成了作家的我依然不改初衷地想，倘若母亲能念书，她很可能成为优秀的诗人或作家。

母亲十七岁时和二十二岁的父亲"圆房"。所谓"圆房"，就是正式和父亲结婚。母亲的头发很黑很浓，辫子很粗很长，圆房后盘起的发髻比许多女人都大得多。每当母亲对我说她的头发时，湖水般清澈的眼睛里总是充满了一种对美的回味和向往。我小时候曾仔细观看过母亲的发髻，那真是如一朵硕大的盛开在母亲头上的黑牡丹。如果母亲再在发髻上别一支紫红色的小花，这时我会发现有着宽阔高贵的额和湖水般荡漾的大眼睛的母亲是这世界上最美的人儿。母亲还有一头天然的卷发，这是她晚年后把发髻剪成了短发时我发现的，在那个不允许烫发的年代，母亲那波浪式的大花儿卷发，使包括我在内的多少女人羡慕不已啊！平心而言，我们兄妹四人，谁都没能遗传母亲全部的丽质。

母亲二十岁时生了我的哥哥，一年后我父亲考上了大学。那时，我奶奶还在张府做女佣人，我母亲一边奶我哥哥，一边给张府做奶母。母亲的奶质非常好，奶水也多。用母亲自己的话说叫“奖娃子”，吃母亲奶的哥哥和张府的小少爷都长得又白又胖。母亲和我奶奶挣的工钱大部分都寄给了上大学的我的父亲。

母亲不可能知道大学里有一位女学生爱上了我的父亲，父亲也爱上了这位女学生。父亲把唯一的一只金戒指送给了女学生，母亲不知道，母亲照样往父亲的大学寄她和奶奶挣来的工钱。

后来，父亲把这件事告诉了母亲，母亲只是哭着对父亲说：“不怪你，只怨我没有文化……”少女时代，我就听母亲向我说过这个伤心的故事，那时我只是似懂非懂地陪母亲流几滴眼泪，说不出一句像样的话。记得在我为人妻后，母亲又很郑重地对我讲述过这件往事。母亲的讲述仿佛已不是这件事情的本身，她是在说：“夫妻之间要想白头到老，最重要的是学会宽容。婚姻这一辈子不知要遇到多少麻烦和伤心，有时候眼看着挺不过去，其实咬着牙挺过去就又是一重天地。”

应该说，母亲的这个故事，连同她的教诲甚至她血脉中的宽容和本分，实在是影响了我整整一生……

母亲的儿歌

儿歌对我童年生活的浸润，至今想起来都使我心灵深处的温暖感倍增，它每每唤醒我许多已经远去的童真。而这些儿歌都是母亲教给我的。

现在许多孩子依然都熟知那个关于“狼外婆”的故事，这个故事是母亲以儿歌的形式最早唱给我们兄妹听的。母亲每次讲这个故事时，总是这样开头：“小羊儿乖乖，快把门开开，外婆带来了馍馍，来看亲亲的崽崽。”我至今没有看到过这本有关“狼外婆”的书面文字，所以我不知道这个童话的开头是否有这段儿歌，如果没有，那肯定又是母亲自己创作的。母亲讲这个童话时总是在夜晚我们躺进被窝里以后，因为母亲知道，讲到狼外婆骗进门以后我们很恐惧，我们恐惧时，都可以立即钻到被窝深处，紧紧搂住母亲。我比弟弟妹妹大，总是睡在母亲的脚头，我害怕时就紧紧搂住母亲的脚。

夏天的夜晚，天气闷热，母亲总是领着我们兄妹到离家不远处的运动场上乘凉。那个有 400 米跑道的运动场，有许多年里父亲的生命都在那里蓬勃驰骋。城里的人都把那个运动场叫体育场。夜晚，体育场里乘凉的人很多，体育场中心和跑道外边长满了一种草，人们叫这种草为“蚂蚁草”，蚂蚁草节节扎根，一根草能长到几尺长甚至几丈长，它们全部匍匐在地，盘根错节、重重叠叠，严严实实覆盖着所有裸露的地面。长大后我走了很多很远的路，可再没有看到过这种草。

我们的童年许多时候是在这种草滩上度过的。我们铺一张大大的竹凉席，然后分别躺在母亲的两边，母亲和我们一起躺在地上望天上的星星，这时母亲开始念：“青石板，板石青，青石板上钉洋钉。”然后让我们猜她说的是什么。我们猜对了是“夜空和星星”之后，母亲接着又念：“虫萤虫萤飞飞，翅膀翅膀乍乍，快快飞回家去，家里有着妈妈。”这首儿歌直到我做了母亲之后，她还唱给她的外孙听。母亲这首儿歌是唱给萤火虫的。童年的草场上空，飞舞着许多发着蓝色亮光的小小的萤火虫，孩子们常常以追逐萤火虫为乐，抓住萤火虫后就放在手中或包在纸里看稀奇。这时，母亲总是告诫我们："放掉它，它很小，家里有妈妈在等它。"以后我们再逮住萤火虫，便一边唱着母亲教唱的儿歌，一边放飞它。

我们的童年、少年时代，没有电视，没有电话，更没有电子游戏机和儿童娱乐世界。男孩儿们不是玩"打玻璃珠子"、"泥巴手枪"，就是打木翘或用鞭子抽木陀螺；女孩子至多叠纸蛤蟆、"抓子儿"或拍皮球，再小一点，就是母亲给缝个布娃娃。哄布娃娃是我童年爱干的事。我把布娃娃抱在怀里摇呀唱呀时，也是唱的母亲教的儿歌："娃娃乖呀抱上街呀，买个油馍揣回来呀，爹一口娘一口，剩给娃娃啃骨头。啊——啊——"

我相信是母亲这些美丽的儿歌，唤醒了我最早的生命意识和文学意识。

赎不回的爱

1958年新春伊始，父亲被划为右派时，我哥哥刚过十七岁，我刚过十二岁，弟弟十岁，小妹七岁。灾难降临的时候，全家人都哭作一团，恐惧成一团。那时，我们兄妹四人都在念书，父亲被开除公职之后，不用说念书，就是全家人的生活都没了着落。父亲开始是到城里一家缝纫综合社搞基建，每天用木板车拉砖搬瓦挣些工钱，后来又到西河滩拉沙，给新城基建工地拉石灰……那时，全国的"大炼钢铁"运动开始了，城里建起了无数炼铁的土高炉，后来，各家各户的锅碗瓢盆刀铲都被搜去炼铁。炼铁用的铁矿石离城里三十多里远，父亲又去挑铁矿石。父亲早起晚归，一天往返六十里，挑一百八十斤矿石！我被父亲巨大的力量震撼着。

为养活我们，母亲去炼铁的高炉砸石头，土高炉炼铁时要配一种石灰石，石灰石从山里运来时，硕大无比，非常狰狞，母亲要把这些硕大狰狞的大石头砸成乒乓球大小的碎石。母亲砸一吨石头挣一元二角钱；再后来，母亲又到新城基建工地挖土方，挖一方土挣八角钱。寒暑假和星期天我或陪母亲去砸石头，或同母亲一起去挖土方，我还小，做不了太多，但母亲总把我看作一个帮手……

少年时代，我们都为吃不饱饭而恐慌。我们兄弟姊妹根据年龄大小由粮库每月按粮本上的定量卖给我们粮食，我记得我每月只有十七斤粮食，小妹只有十斤。母亲每月二十斤，父亲好像只供给二十七斤。在父亲干重活我们正长身体的年代，这点粮食几乎不够我们吃半个月！俗话说“半大小子，吃穷老子”，就是说这个年龄是最能吃饭的年龄，可我们却天天吃不饱，以至于后来我们兄妹四人全都没能长高，更不用说长到父亲 1.76 米的个子。那时市场上根本不允许卖粮食，也没有粮食可卖，全国六亿人都在挨饿。粮食不够吃，唯一的办法是去挖野菜。我和弟弟妹妹经常随母亲到离城四五里地外的乡下挖牛舌菜、刺芥芽、灰灰菜、荠荠菜、马齿菜、野苋菜……至今我依然都能认出十几种可食用的野菜；槐花和榆树叶也常是我们猎取的食物。除此，母亲还到她娘家的山里“溜红薯”。所谓“溜红薯”，就是生产队把红薯从地里收走后，母亲去拣一些边边角角被生产队撂下的小红薯。

母亲去十天半月，能拣几十斤或上百斤这样的小红薯。四十多里山路母亲搬不回这些重物，那时，山里又根本不通汽车，她只好就地把红薯切成片晒干，再一袋一袋往回运。记得在一个夜晚，我们已睡下很久，朦胧中发现母亲回来了，她背了一个布口袋，口袋里装了十多斤红薯干。母亲的发髻已脱落散开，浑身上下布满尘土，母亲进屋的第一件事是抓起水瓢从缸里盛了半瓢凉水，“咕咚咕咚”一饮而尽，母亲渴极了。接着母亲坐下脱掉了鞋子，我发现母亲的脚掌打了好几个血泡，母亲说：“这双脚不争气呀！不然，我还可以多背一点……”母亲说这话时显得非常无奈非常遗憾。望着母亲披头散发和被汗水湿透了的脏衣服，那双打满了血泡、前脚掌还永远趴着两个脚趾的女人的脚（母亲童年时被裹过脚），我难过得哭了。许多年里，只要我一想起母亲从乡下背红薯干归来的深夜，我的心就止不住地颤抖：母亲为养活我们，吃了多少苦啊！

粮食少，家里做饭也必须定量下米。母亲买来一杆小秤，每次做饭母亲都按计划称米下锅，其余全用野菜薯干垫锅底。饭熟后母亲也按年龄大小给我们分饭。父亲活重，母亲总是用一个大一点的饭盒先给父亲把饭盛上，然后是我们兄妹，最后才是母亲。最“绞穷”的是我的弟弟，每次分饭，他都死盯在锅边，明明他分到的饭都比我和妹妹多，可他还是赌气不走，母亲每每总是把自己碗里已经不多的一点饭拨给他一些，或多给他铲一个锅底他才罢休。那几年，母亲挨饿的次数要比我们多得多。

1959 年夏天我小学毕业，以全郧阳县第二名的成绩被郧阳第一中学录取，而许多父亲、母亲被划为右派的同学却纷纷落榜。

许多同学包括他们的家长都为我的录取而感叹、为自己的孩子落榜而伤心流泪。我的父母也为我能被录取而高兴而感到是个奇迹，但我却清楚地记着那一晚父母很晚才睡，他们在为拿不出 5 元报名费和一月 7 元的伙食费而犯愁。母亲年轻时有一支别发髻的玉簪，这只玉簪陪伴了她整个的青春，但母亲决定把这唯一的一件纪念物卖掉，为我凑学费和伙食费。那时人们生活都很艰难，玉簪卖得很便宜，听说只卖了 26 元钱。

日后的许多年里，我一直在寻找这支玉簪。我不知母亲把这支玉簪卖给了何人。我想倘若能找到，我宁愿花 260 元、2600 元把母亲的那支玉簪赎回来！

然而，即使我赎回了玉簪，我能赎回母亲的青春吗？

那一脉蓝色山梁

1

不知那一脉蓝色山梁有多高，不知那一脉蓝色山梁有多远。哀思如一缕淡淡的云，绕山梁忧忧地飘呀飘……

啊，母亲，母亲的山梁！

一丝丝夜风低诉着，一把把清泪滴落着，凄凉如水。

含泪望母亲的山梁，山顶的月碎了……

扬一扬手吧，母亲！在你高高的山梁上，扬一扬手……

2

我总说四月是春天，我总说四月的故乡很温馨，我总记着四月在母亲的山那边有洋槐花飘淡淡的清香。我总想母亲在四月微笑地走进丝瓜架缠绕的、木槿花纷呈的、莲藕腊菜笼盖的季节；我总想母亲在四月站在蓝色山梁远远张望，望女儿从江那边归来。故乡四月的风吹拂母亲的浓发，在蓝色山梁高高地飘……

可母亲，你为什么在四月的温馨中突然走了呢？你不该在四月就孤寞地颓然倒下啊！

家兄急电催我匆匆上路。三千里北方南方，太阳苍茫，月亮苍茫，心苍茫啊！抬头望车窗外的蓝色天、白色月，我高高祈祷：母亲，你等我啊！

3

仓皇 48 小时回到了故乡。母亲，你为什么不等我？

硕大的帆布篷在母亲的屋前搭着母亲的灵堂。母亲，你再睁开眼看看我！

乡亲们打开棺木说还没有“合口”，为的是等我们归来和母亲见最后一面。

狭小的、粗糙的棺木挤紧了我的母亲。那苍灰的、卷曲的花发，那高高的、宽阔的额，那紧闭的、坚毅的唇……

醒来，我的母亲！

那光明朗澈的眼睛在哪儿？那如春的、灿烂的笑在哪儿？那扬一扬手就有一片流向我们的暖色光在哪儿？……

醒醒呀，我的母亲！这粗糙狭小的地方何以能容你的宽厚、你的豪爽……

4

淡淡的月从蓝色山梁那边悲哀地升起，远处高楼里如魂的灯光孤寞地灭了。我和小妹凄然相依守护着母亲的灵，悲苦的泪如注地浸冷了四月的夜。几十幅挽幛在四壁垂挂诉说四月的伤心……

乡下的亲戚来了，乡下善良的农民来了。母亲随负荆的父亲在乡下度过了漫长的岁月；漫长的 7200 个日日夜夜，乡下人没有忘记母亲。

夜，很深重很深重，淡淡的月光从榆树的叶隙里寂寂地洒下。善良憨厚的农民曾经给予了父亲和母亲生的希望，如今，他们又从遥远的山那边赶来抚慰母亲的亡魂……

含泪向纯朴善良的农民道一声珍重！

含泪向人类美好的感情道一声珍重！

5

蓝色山梁寂寞地孤立，父亲的坟茔已爬满青藤！

傍着父亲的坟茔我们和乡亲们一起掩埋了母亲。一垄冷土和父亲的坟茔接为一体。

一铲铲黄土培在了母亲的坟上，一把把清泪落在了母亲的坟上。我突感心碎欲裂心碎欲裂！我何以变得如此残酷！竟用这冰冷的黄土把母亲送到另一个世界！倘若母亲活着，我会为母亲的新屋添砖加瓦、起椽架檩，那是何等的幸福、何等的慰藉？可现在，我却将一铲铲冷土拥在母亲身上，我在干什么？我怆然扑倒在母亲的墓碑上，蓝色山梁怆然旋转……

母亲活着时，尽管天涯海角尽管十年八年，女儿归来故乡偎母亲床边总可以再撒一撒娇，此后呢？生之匆匆、死之匆匆，苦之楚楚、累之楚楚，我到何方再觅母亲膝下的这份浓福？

谁能再给我这劳顿的心以无边的抚慰？

6

回我的北方。回我几匹长风、几抹黄土的北方。

回眸再望母亲的山梁。母亲的山梁如愁苦如悲恸高高耸立。

哥哥痛苦地说几十年都未能让母亲去和他住几日，明弟泪水涔涔说失去了母亲他的家失去了支撑，失去了母亲才懂得了母亲理解了母亲，小妹攥一张汇款单悲恸号啕，她这月寄给母亲的钱竟在掩埋了母亲之后才汇到，母亲在最后的日子没能享用小妹的这份情意。我忽也想到我的自私我的不懂事，我何以在父亲受难的年月为了我的两个儿子让母亲南方北方地奔波了五年……

回眸再望如悲恸如愁苦的母亲的山梁，我问我自己：为什么失去了才感到真正地存在过？为什么失去了才感到追悔莫及？为什么失去了才知道应该珍视？这混沌人生心灵的慰藉究竟还应该有什么？

回眸再望母亲的山梁，深重地想：在我生命勃勃的年月，我将加倍珍视人世间的一切美好。珍视友谊、珍视感情、珍视尊重，对我有滴水之恩的人我定以涌泉相报。需要我做的我生前都做好，倘若生前做不好身后何以补偿？这世上最不能欠下的是感情。

7

含泪望母亲的山梁，山顶的月碎了，凄凉如水。

扬一扬手吧，母亲！在你高高的山梁上，扬一扬手……

一只苹果的忧伤

一个盛大的国庆之日，我和阿敏所在的腰鼓队已以最好的舞步走进了会场，我看见工人、农民、学生、街道居民都排着整齐的方队，拿着纸花、举着红旗或抬着工农兵勇往直前的模型潮水般涌进了汉江边那块偌大的操场。鄂西北这块古老的运动场地，每年国庆节都光荣地接纳着数万人的庆典。

我是班长，没有顾上吃早餐就跑到学校帮助老师组织腰鼓队入场，快到中午时，我感到又渴又饿。就在这时阿敏变戏法似的拿出了一只又大又红的果子，我从来没有见过这样鲜亮无比的水果，它在阳光下闪闪发光，发出一种蜜甜清香的味道。我真想问阿敏这是一只什么果子。

天气越来越热，我望着阿敏手中的果子竟已忘记了饥渴。大约阿敏已忍受不了干渴便吃起了这只水果，随着阿敏的扑哧一声，我的心抽搐了起来——阿敏为什么要吃掉这么神奇美丽的果子呢？如果我有这样一只果子，我舍不得吃的。我背转阿敏不再看她，但听着阿敏吃果子的声音我心里老是咯噔咯噔的。

庆典大会一结束我便回家问父亲："爸爸，阿敏有这么大一只果子……"我夸张地几乎张开整个双臂向父亲比画阿敏的果子有多大，"那是什么水果呢，爸爸？"父亲在弄清了我的意思后笑着说："那是苹果，北方才产那种水果。阿敏的父母是河北保定人，可能是老家那边什么人捎来的吧。"我问父亲："我们家什么时候能有那样的苹果？"父亲望着我急切渴望的眼神想了想说："明年国庆节前我可能到北京参加体操比赛，到时候我从北京给你们买。"望着英气勃勃的父亲我高兴极了，我非常感激亲爱的父亲给了我一个鲜艳无比的苹果的承诺。

父亲是鄂西北20世纪50年代独一无二的国家健将级运动员。一年四季总是身着白色体操运动服的父亲，是我少女时心中永远的偶像。就在那个国庆节的夜晚我做了一个鲜红鲜红的梦——我梦见一大片红光笼罩着我，父亲买回的苹果又大又亮，像天安门城楼上的大红灯笼一样。我抱着灯笼一样大的红苹果又跑又叫……

我没去过北京，更没见过天安门城楼上的大红灯笼。我只是在我的小学语文课本上见过一幅天安门城楼的彩色照片。我想，苹果、北京、国庆节、天安门、大红灯笼，这些世界上最美丽的物象都在那个国庆节的夜晚一股脑儿走进了我少女的梦乡。以后的日子里，我是天天在盼来年的国庆节了。

灾难突然降临了。第二年春节刚过（1958年春天），父亲就被打成了右派。1958年的国庆庆典没让父亲参加，父亲更没能去成北京。晚上，父亲抚摸着我的头，用很低的声音对我说："对不起，爸爸以后恐怕再也不能到北京给你买苹果了……"我抬起头望着父亲，伤心地哭了。许多年过去，我都无法忘记父亲那忧伤的目光。从那天起我便知道，一个鲜红无比的苹果的梦永远地破灭了。不久，父母、弟弟、妹妹都被遣送到秦巴山东麓的乡下，我也在父母走后离开了故乡……

二十多年后，即 1979 年中秋，已经在塞外工作和生儿育女的我突然收到父亲很长的一封信，父亲在信中对我说，他已回到了他魂牵梦绕的学校，他说他的右派问题已得到改正。他在信的开头还写了一段毛主席语录：“我们要相信群众相信党，这是两条根本的原理……”接到父亲的信我哭了一个晚上。第二天我即到供销社买了 5 斤苹果，缝了一个布袋，到邮局给父亲捎苹果，我想以此表达对父亲“新生”的祝贺——很难说清几十年前的那个关于苹果的“事件”何以化作了我心灵深处的一个情结，总是不失时机地呼之欲出。然而邮局拒绝了我，一会儿说我包装不行，一会儿又说苹果不允许邮寄。我好说歹说，答应把布袋改为纸箱或木箱，邮局依然不让邮寄。我想来想去，便到百货公司给父亲买了一身绒衣绒裤，在缝包裹时我把一只又红又大的苹果偷偷缝在了绒衣绒裤中间，寄包裹时终于顺利避开了邮局的检查。包裹寄出的当天，我就开始牵肠挂肚地操心那只苹果，我生怕出什么偏差父亲收不到包裹。

国庆节过去十几天之后我收到了父亲的回信，我发现信纸上的许多字迹因被泪水洇染而变得模糊。父亲说，国庆节前一天他收到了我的包裹。他还说国庆节那天他把那只苹果洗干净放在盘里，然后在毛主席像前摆了整整一天。我可怜的父亲依然在信中说自己“有罪”，并写道：“你小时候爸爸答应给你到北京买苹果的，现在你自己圆了这个梦，也为爸爸圆了……”

就在那年冬天，一个大雪纷飞的夜里，苦难的父亲带着他一生的伤痛和迷惘离开了这个他爱过恨过的世界。鄂西北很少下雪，可父亲去世时大雪纷纷扬扬下了两天……

后来，在我生活工作了二十多年的塞外，在山城周边的土地上，到处都种满了苹果，我还听说在鄂西故乡也引进了苹果；现在我和家人不仅一年消费一二百斤苹果，就是苹果的品种我都能叫出好几种。每年春天果树开花的季节，塞外成千上万亩苹果树、山楂树、梨树硬是把果花开成了一片喧闹的花的海洋。这些年北京人开着大车小车到塞外看果花已成为一道亮丽的风景；而每年的国庆节假期，他们又开着大车小车举家到塞外的果园自买自摘各种水果，那生活实在是红火。

然而，无论这个世界现在和将来有多少苹果，也无论时光和岁月怎样无限和苍茫，童年的那个节日和一只苹果的情结将永远成为我生命中的忧伤。

入 襄 阳 记

1

就在15岁的一个深夜，我坐在湖北郧阳古城北门坡的悬崖上，听着咆哮翻滚的江水，哭了很久，我想像想不开的大人们那样投江，一了百了。可我毕竟还小，我难舍远在秦巴山里的父母、弟弟、妹妹，也难舍远在襄阳且已每月为我寄来7元伙食费的哥哥。那时的我是初中二年级学生。

就在那个生死夜晚，我因想到了远在襄阳的哥哥而突然想到了“逃亡”……

一个没有课的下午，我趴在女生宿舍的铺板上给哥哥写信，我让哥哥救救我，让我离开郧阳，到襄阳去上学。我说，如果我不走学校可能很快要开除我的学籍；我还说，我若走不了就再也读不了书了，我若不能读书我就可能死去……

哥哥读着被泪水满满洇湿了的我的长信，也哭了。哥哥工作的学校是襄阳县（今襄樊市襄阳区）一中，位于离襄阳市（2010年改名前叫襄樊市）45公里的太平店。太平店是汉江边一个古老的码头小镇，哥哥在这个码头中学工作刚几个月。哥哥毕业前就读的学校是郧阳师范学校，毕业时，国家允许师范生报考大学——

当年，哥哥是因为家庭负担重，为帮助父母供弟弟妹妹上学而放弃考高中的。品学兼优、多才多艺的哥哥日夜梦想着考大学，而学校却冷酷地拒绝了他，因为他是一个右派分子的儿子，不允许他报考。心灵负重的哥哥深知妹妹处境的险恶，他找到教务主任，请求让妹妹转到襄阳县一中来读书。

教务主任姓邹，他走路缓慢，说话节奏也缓慢，但他的眼神和面部却总是密布着严厉和冷峻。这是后来转学成功后，邹主任留给我的永远的印象，为此，我从未敢和他说过一句话。就是这位严厉冷峻的邹主任，在哥哥提出请求的第二天即答复，同意我转学。哥哥后来告诉我说，他接到答复前的那两天，度日如年；还说邹主任是父亲 1943 年在湖北监利教书时的学生，他有一个很好听的名字——邹诗信。

很快，哥哥将“同意转学”的函件挂号寄给我。

我高兴而又紧张，不敢将这件事告诉任何人，更不能让班主任老师知道，但我又不知怎样办转学手续。紧张与焦虑中，我想到了一位老师，他叫陈保南，他是父亲大学时的同学，后来又是同事。我隐隐记得，父亲被遣送农村时曾交代过我：“有过不去的难处时，去找陈伯伯……”

放午学后，在陈伯伯回家的路上，我撵上他说：“陈老师，我爸妈走了……没人照顾我，我想到哥哥那里念书……哥哥已寄来了转学证明……”我对陈老师说了一个很圆满的理由。我那时最担心的是学校会不会卡我、我的班主任知道后会不会不让我走。陈老师接过函件，看完之后说：“你马上去找学生食堂管理员小杜，让他帮你办户口、粮食手续，学籍手续我来办……”

许多年我都不能忘记那位脸膛红红的、鼻头也红红的陈伯伯，不能忘记那位仅比我大三岁的、初中毕业留校当食堂管理员的聪明机灵的小杜，当他们在极短的时间内把转学的一切手续交到我手中时，我便觉着，我亲爱的哥哥、邹主任、陈伯伯、小杜，他们是我人生中永远的救命恩人！

几天后，父亲接到我的信赶到城里来送我，我悄无声息地离开了学校。那是一个下着小雨的傍晚，我和父亲走过长长的石板街，到西河码头乘木船过汉江，我们准备在三门汽车站住一夜，第二天一早好乘长途汽车到襄阳。雨霏霏地下着，天色灰蒙蒙的，木船上除了艄公就我和父亲两人。我望着远远向我奔来又远远离我而去的江水，望着穿一件灰粗布烂衣衫、一双破草鞋，坐在船帮上默默无语的父亲，想着我就要离开这条江水，离开可怜的父亲母亲和弟弟妹妹，便鼻尖一酸，泪如泉涌。我看见，父亲也在无声地流泪……

许多年我都在回忆：这是我生命中一次多么成功的逃亡，但又是我小小年纪中多么凄楚的离别！

晚上，父亲在三门汽车站旁边的一家小旅店里要了两碗开水，我们就着开水吃了母亲专门为我蒸的酸菜包。旅店住宿一夜一人只要 7 角钱，但我们没钱住。夜里，雨还在下，父亲向我同学的母亲借了两只小板凳，我们就在小旅店的房檐底下坐着。风飕飕的，雨飘零着，鄂西北十月的阴雨天，凄凉也湿冷。就在这时，我同学的母亲端出一个木火盆，火盆里有两小截还没完全烧化的木炭，我感激地望着那位个子不高的、胖胖的阿姨，父亲一连声说：“多谢了！多谢了！”

我趴在父亲的膝上，父亲一边用小火剪拨拉着炭火灰一边对我说："到襄阳哥哥那里后，要好好学习……"我答应着就在父亲的膝上睡着了。我做了个梦，梦见阿姨的那个炭火盆里有一截截木炭，真是红彤彤、暖烘烘、蓝荧荧的炭火啊！而端着火盆的人又好像不是阿姨，是我那个同学……

永远难忘在三门小旅店的房檐底下、趴在父亲膝上度过的我在故乡的最后一夜。

天亮，雨还在霏霏地下，父亲花 3 元 7 角钱为我买了到襄阳太平店的汽车票。车就要开时，父亲突然说："姐儿，你还有 1 角钱吗？我回去买船票没钱……"摆渡过江，船票只需 1 角。此刻，我才知道父亲已分文全无！

车开出老远，父亲依然站在雨里，送我……

2

我到襄阳县一中后，插班到初二。班主任老师姓李，是个高高的个儿、圆圆的脸盘儿、肤色黝黑的青年男子。李老师有双眼仁很黑、睫毛很长的黑眼睛。最令我感动的是这双黑眼睛望人的目光是那样平静、持重、温和，我从这双眼睛里发现我不再受歧视并被关心着。比如，我们班去蚕豆地里劳动时，去时来时李老师都陪着我走，我们都担着竹筐，竹筐里装着猪草。

我插班时，连简单的平面几何平行线定理都不知道，后来我的学习成绩直线上升，有种"突然开窍、一通百通"的感觉，各科成绩迅速跃居全班第一，作文比赛获全校"状元奖"；初三开学时，经全校各年级各班投票选举，我竟以最多票数当选为学生会主席；初中毕业考高中时，我竟奇迹般地考出了襄阳县第一、襄阳地区第三的好成绩！老师、同学们一齐为我骄傲。这样的结果实在是我从未想到的。

然而，“政审不合格，不同意升学”的政审鉴定却在我毫无知觉中被装进了档案，成为我命运最黑暗的咒语……

中考之后，在等待通知的日子里，我既没有去襄阳东津中学（哥哥一年前已调往此校）找哥哥，也不可能回鄂西北深山里找父母、弟弟、妹妹，我独自住在学校里，焦灼不安地准备迎接未知的命运。

就是在那个蓝天如洗、骄阳如铂的午后，刘老师走到我跟前时，他说：“分数已出来了，你考了全襄阳地区第三名、襄阳县第一名的好成绩……应该是能录取到四中的。”听声音他有些激动，但他却很快又垂下了眼睑，说：“但……恐怕还有麻烦……”我惊喜而恐慌地望着刘老师，我无法掩饰我考出了这样的好成绩的惊喜——襄阳地区有多少个县多少个考生呀！那个“第三”“第一”是怎样辉煌的排位呀！但我瞬间就知道刘老师说的那个“麻烦”是我的“出身”，是父亲的右派问题。

其实，父亲的政治问题一时一刻也没走出过我的心灵，那是一种如“铅坠心扉”、如“病入膏肓”的无法挥去的沉重和无望。但我还是问了刘老师一句：“您说的是什么麻烦？”刘老师顿了许久才说：“政审鉴定……出了问题……”刘老师几乎是嗫嚅着说完了这句话的。没等刘老师落音，我的眼泪已夺眶而出。伤心、无望、焦虑和渴望搭救的心情，使我一边抹泪一边问刘老师：“我该怎么办呢？刘老师……”我知道我因品德好、学习好尤其是作文好而成为刘老师喜欢和器重的学生。此刻，我看见刘老师混浊的眼里也噙着泪水，他没有回答我的问话，他又能怎样回答我的问话？他只说了一句“看看再说……你看书吧……”就背转身踽踽地走了。

我一生都不能忘记带语文的刘老师踽踽向我走来，而后又背转身踽踽离我而去的身影，那是一个走来悄悄问候我命运的“父亲”，一位苍宇间企图搭救我的悲悯的使者……

我知道刘老师不能救我，但我却永远难忘这比“救”还让我震撼的问候与悲悯。“全襄阳地区第三名”和“政审出了问题”这是我命运中一个最残酷的悖理，我常常面对这种悖理而默默哭泣，前途的未知和难料使我看到的不是朝阳，也不是骄阳如铂，而只是“天边出现了鱼肚白”……

然而，一个月后，我居然接到了省重点中学襄樊四中的录取通知书，这是苍天的赐予呀！这突如其来的喜讯使我长久地沉醉在感恩世界的泪雨中。

高一刚开学，班主任兼数学老师周松生即找我谈话，他明确地告诉我，说我的档案里装着“政审不合格，不同意升学”的政审鉴定，本来是不能被录取的，因为成绩考得特别好，学校费了很大劲儿才录取的。又说，为我的录取与否，招生委员会十几个人坐下来讨论，最后大部分人还是只同意录取到襄阳县重点高中，即牛首中学，而不同意录取到襄樊四中。因为襄樊四中是省重点高级中学。只是襄樊四中负责录取的老师力排众议、执意不放，最后才“破格”录到四中来的。周老师的谈话进一步印证了初三带语文的刘世道老师曾对我说过的话。

周老师最后还说了“出身不由己，道路可选择，重在表现”，要求我在高中三年，“好好努力，各方面严格要求自己，做一个好学生，不辜负四中的期望”之类的话。我第一次听到了“破格”这个词，我没想到我是在如此震撼的状态中懂得了它的意义，我更没想到，日后的年月里，它居然多次作用于我的命运！

“出身不由己，道路可选择，重在表现”这句话，在又过了许多年之后我才知道是敬爱的周恩来总理说的。应该说，这句话救助了那个年代里无数没有出路的大人和孩子，它也天语般无可抗拒地支撑着勇敢走出来搭救我们于水火之中的良知者。周总理的这句话始终引导着我做一个好学生，高中三年，我除了朝气蓬勃地做好学生会文体部长的工作，还获得了国家乒乓球等级运动员三级证书，我以优异的短跑、跳远成绩被选拔赴武汉参加了湖北省青少年运动会，以我为队长的校女子篮球队打败襄樊无敌手，而我的学习成绩始终又保持在全年级的前三名而从未落后过。

记得高中第一学年结束时，我的班主任周松生老师，在我成绩册的评语栏里写道：“该生正直、热情、积极、向上……”这是一个心灵受难的女孩获得的第一次也是最珍贵的奖励。记得看到这份评语时，我哭了。应该说，人生的梦想从这第一份奖励开始，便插上了飞翔的翅膀；我甚至深信，成绩册开头的那“八个字”的评价，成为我日后精神与心性的永远牵引。而“重在表现”已经成为我对“政审不合格”的绝望背负的最亢奋的反叛！

3

2000 年 5 月 20 日，我打开设置在河北作协收发室的我的个人信箱，收到了一封来自襄樊四中的信，对母校的来信我始终怀着一份温馨和敬畏的感情。我站在收发室里便迫不及待地阅读了此信——

梅洁：

我认为还是这样称呼好，毕竟我们之间还有一段师生之情。

1994年10月你来母校时，曾由蔡顺华主任（校办室主任——笔者注）转我你的《古河》大作，当时我拿起笔，想给你写封信，写别离情？但我没有见过你，没法写；但有一件你来四中上学时的事，（想写给你）又觉不妥，因为这里面涉及我个人，不好写。信封写好了，又把它放下了。

最近，《襄樊四中报》上刊登了一些关于你的情况，看后又触动我给你写这封信的念头。读了整版（指《襄樊四中报》——笔者注）关于你的情况，很有感触。首先是：你这位离别四中已三十多年的校友，还时常想到母校，并还不断帮助四中后来人，精神可嘉。其次，通过现在的同学写的一些文章，了解了你近来的一些情况，我作为一名四中老教师，也感到光荣。总之，四中永远是你的母校，你永远也不会忘记这一段培育之恩；而四中有你这样一位学生，也总感到骄傲与光荣。

我给你写这封信的时候，还有一件需要告诉你的事，一件有关你来四中的真实情况，以便将来你老了写自传的时候不至断层。过去，四中写关于你的文章时，曾写

到你受 ××× 老师（关怀）如何如何到了四中，这不是事实。而真实情况，我是第一知情人。你入学那年，我是四中招生班子成员，而且襄阳县我具体负责。由于“左”的影响，你当时属不被录取对象，但你同时又是襄阳县成绩最好的学生，我认为党的政策是家庭问题看本人，一个小小年龄的学生，本人不是很好吗？经过多次交涉，他们就是不给档案。我回校将你的情况专题向当时的书记凤仪同志汇报，凤仪书记同意了我的意见。双方僵持好久，最后不得不将档案给了我们。为此，他们当时还说过一些关于我个人有立场问题等等的话。

现在，我为什么要说这些？一、你当时的情况我只跟徐明超老师说过（因他家在牛首，我们招生时是在牛首），他已作古。二、我现已 74 岁了。古稀之年，人说不定哪个时候就去见了马克思，我见了马克思你这段情况就会是一个空白。这是我要给你写这封信的动机。

你工作很忙，写了这么多，耽误了你的时间。

最后，我特别要申明一点，绝不是向你表白什么。当我写这段情况时，思考再三，我是一个将近 50 年党龄的党员，只要襟怀坦白，又有什么可考虑的？就这样写了。

祝你工作顺利！

程康

2000 年 5 月 13 日于襄樊四中

很难说清我读完这封信时的复杂心情，我迅即回到我的办公室又一字一句重看了这封迟到了 38 年的信！我独自在办公室呆坐了很久……

我是一个在许多方面都成熟很晚的人，唯独在政治方面，我却非常地警觉、非常地清醒，我就像一只被弹弓打伤的鸟儿，看见闲置的弹弓或压根没对准我的弹弓也会吓得心惊肉跳。我非常清楚命运多舛，人生的许多关口都充满了险情，许多“刀斧手”横刀立马，横挡在我的路上。如果我没有足够的勇气和能力企图通过这些关口，或者天宇间没有杀出一个又一个同情我、拯救我的“大义大勇者”，我不知已经多少次地迷失在命运的关口。所以，我这一生都在很认真、很深情地回忆和感恩帮助我超越这些险象丛生的关口的人。没有这些超越，我现在必定无疑已成为鄂西北山地一个庄稼人的老妻，一个不懂得计划生育而生育了四五个儿女的妇人。而回忆和感念“超越的过程”便成为我生命时光里永远的隐秘。17 岁时被意外地录取到襄樊四中是这隐秘里最深刻的忆念（那年，太平店襄阳县一中毕业的几百名初中学生被录取到四中的只有两个人，除我外还有一位男生），也是我一生企望找寻的秘密。

自那个“蓝天如洗、骄阳如铂”的午后，带语文的刘老师踽踽向我走来，告诉我令我难以置信的中考成绩和“政审出了问题”之后，我就知道我已深陷绝境，但襄樊四中又意外地录取了我，而且高一时的班主任周老师已经告诉我里面的隐情，所以，三十多年来，我一直以为这一“秘密”早已揭开，除了永远地感念我的中学、周老师和当年的校长，我早已没有关于“真相”的牵挂和追寻的意愿了。

程康老师的信使我在顷刻间又陷入遥远的迷惘和深刻的感激之中。程康是谁？高中三年，我怎么从来没有听到过这个老师的名字？更无法回忆有关他的蛛丝马迹！但我却一点也不怀疑一位74岁高龄的老人向我透露的真情，更不怀疑一个“人之师长”曾经和现在的铮铮人格。我按程老师提供的住宅电话与程老师接通了长途电话。这是一位操着襄阳口音的、吐词清晰、声音并不苍老的先生，听到是我的电话他很激动，除了再三表示不安，他重复了信中已陈述的想对我说出“真相”的动因。末了他又补充说：“我只带了两届毕业生，其余全在做行政工作，所以你不认识我。我知道你已来四中上学，也放心了，不带你们班的课，也就没想去认识你。20世纪90年代之后，你曾几次回学校来我都知道，想对你说这个情况但却又始终觉着不妥……”又说：“你是河北作协的作家，我感到很亲切，因为我曾和河北的作家梁斌有很好的交情。梁斌曾任襄阳地委宣传部部长，我那时在宣传部负责青联工作，我们交往很多。梁斌的好几部著作出版后都亲自寄给我。我从梁斌著作中发现作家老了都喜欢写自传，梁斌的自传里就写了在襄阳工作的那段经历……你是学生里很独特的一个，现在又是作家，否则我也记不住你。我写这封信，只是希望你更清楚地了解你的经历和身世，这对你将来写自传有好处……”

感谢先生的拳拳之心，先生在事隔38年后寄予了我一份解惑命运的“大书”，我把此看作先生对一个十七岁女孩儿解救的继续。我问到了凤仪书记，程老师说：“凤仪书记姓崔，参加革命后改名为凤仪，后来调国务院水产部工作，现已作古，当年就是他同意并支持我一定要录取你。知道情况的徐明超老师也已作古，所以我操心的是，我若再不告诉你真相，你对这一人生的转折关口会有迷误……因为这一关对你很重要。”

命运中所有的扼杀与救赎、泯灭与复活、混沌与廓清、困境与挣脱都值得纪念，我纪念2000年5月13日程康老师写给我的信并心存深深的感激。

一个月后，怀着万般的感恩，我专程抵达襄阳，当面拜认了程康老师……

2004年10月，襄阳四中举办50年校庆，我再度回到母校，拜望程康老师。《襄阳晚报》头版刊登了我与程康老师握手的情景……

程康老师在信中说到我20世纪90年代数次回母校，他都知道，但他没有前来与我相认。我回母校是怎样的情景呢？我曾在《我的中学》一文中写道：

> 难忘1996年6月的那一次回校。
>
> 10日晚，襄樊四中阶梯教室里灯火辉煌，母校安排我在这里与200多名“浩然文学社”年轻的校友会面。两年前的1994年10月，我在武汉参加完全国第六届书展签名售书活动后回到我的中学时，也举行过这样的会面——会面的仪式热烈也隆重：长途跋涉了12个小时归来的校长、党委书记，水没喝、饭没吃就来到了阶梯教室，全校的闭路电视开始现场直播……面对数百双眼睛，面对在全国享有殊荣的“浩然文学社”——20世纪80年代中期，“浩然文学社”曾在全国中学生文学社团

评比中排名全省第一、全国第十——我真诚地讲述着《文学与人生》。

我把事先从花店挑选定做好的四束缤纷艳丽的鲜花献给校长李珍贵和党委书记苏超时，献给“浩然文学社”创办人蔡顺华，最后一束，是献给我当年的班主任老师周松生。然而，扩音器连续地呼喊之后，热烈的掌声过去之后，周老师没有出现。校方通知了周老师，但周老师没有来。“他为什么不来呢？”疑惑和难过从我心头掠过。

我已离开中学31年了，三十多年来，我的老师们经历了许多沧桑和苦痛，有的已经故去，有的调离，有许多已经退休，能够见到的老师已经寥寥无几。我知道周老师华中师大毕业后已在我的母校执教数学37年且仍在教，我并且知道37年中他有34年在做班主任。平心说，几十年来，对周老师的感恩和牵念成为我人生中的一件心事，我为不能报答他而常常心里不安。因为我始终认为，成绩册评语栏里那“八个字”的评语，改变了我的人生。我要在大庭广众之下，讲出那一次人生的拯救，然后献给他一束花。我曾为我设计的报答方式而感到欣喜。可是，我的老师为什么不来呢？我感到阵阵不安……

从阶梯教室走出来，蔡老师领我来到木楼会议室——木楼已成为我的中学创建时期最后的纪念物了——在我赠送母校老师的散文集《一种诞生》一书上签名。晚10点50分，当我签完最后一本书时，一转身，我看见周老师居然站在我的背后！他在木楼会议室的门口，孩童般真挚单纯地望着我笑，我不知他在那里站了多久。我只看到那笑定格在他的脸上，憨厚而灿烂。我快步走到他的面前，只听他说："刚才我听到了阶梯教室里的扩音器喊我的名字，听到那么多的掌声……我站在外边没敢进去……我不适合那种场合……"周老师嗫嚅着，他居然像做错了什么的学生，很憨地不知所措，腼腆与紧张使他满面绯红。

听到周老师的解释，我不由得心头一沉，几十年无以报答的不安此刻更加深重。我原以为选择了一种极好的报答方式，然而，他拒绝了。我知道，他拒绝的不是一个离别了他三十多年的学生的感情，而是拒绝了炫耀、拒绝了张扬。他本能地以一个中国教育者的谦卑以及他对人格、道德的坚守，对名利的淡泊和拘谨，对个体生命的严肃和苛待，拒绝了一种世俗的喧嚣，甚至是虚妄的荣誉。这就是我的老师。他"不适合那种场合"，不适合鲜花、掌声，他习惯默默而执着地做着需要他做的一切，从青丝缕缕做到白发苍苍。在没有报答、没有怨悔也没有惦念的时光里，他的心灵安详而宁静。我曾想，还有什么职业比教师职业更神圣、更深重、更圣洁的呢？

而作为学生，我们更多的时候，惦念我们的父母，惦念第一个爱我们的人，惦念童年、少年时代的朋友，在所有的惦念中，我们却每每忘却给予我们恩惠、教导我们成人的老师。我们往往记住的，是他们对我们的批评和斥责，我们把这些批评和斥责看作是对我们的伤害，我们为此而记恨他们……还有什么比我们情感的这种偏执和丢失更让他们伤心的呢？望着周老师苍灰的花发、满面的绯红、依然满目的不安，我问我自己，我的虚荣是否更多地亏欠下了他呢？

在我阔别了三十多年的中学，在那座已旧的木楼，在 6 月静静的深夜，当我重新将那束象征感恩的花束郑重地递给周老师时，所有的尊崇、敬重、忆念和酸楚一刹那涌遍全身。我从心底哭了出来：“老师，我若不好好报答您，我永远不安……”周老师却说：“老师无须报答，你谢了老师，老师就又不安了……”这是一次学生与老师最真实平易的对话。它因真实而成为人类情感的深重震撼；它又因平易而成为世间人际关系的经典。面对浑浑噩噩的世界，我常常想，人类最无价值可言而又最是价值无量的帮助和给予是否就存在于没被污染的师生之间呢?

感恩程康老师，感恩周松生老师，感恩襄阳四中，感恩襄阳县一中邹诗信主任，感恩哥哥……感恩命运中一个又一个走来搭救我于水火之中的人。襄阳五年的救赎，成为我命运永远的感恩。

2005 年 3 月至 6 月，为采写《大江北去》一书，我沿汉水走了 100 天。6 月 17 日，我从武汉抵达襄阳。

兴许是为着命运的恩典，也是为对汉水边的襄阳在中线调水中面临的生态困境的牵念，我又一次走进了这座古老而现代的城市。

当家兄带我刚刚在位于襄城荆州街的襄阳宾馆住下，我的母校襄阳四中时任校长苏超时和校办室主任杨老师便来到了我的住处，他们执意让我移住真武大酒店，说襄阳宾馆刚刚内部装修不久，对身体不好。我说真武大酒店房费太高，承受不了。苏校长说，你莫操心，一切学校给你安排。真武大酒店离学校近，你采访累了，可以到母校里面走走，可以在花园里放松放松。

几十年岁月都走过了，我的母校还像当年一样呵护着她的学生……

晚上，苏校长和杨老师沿荆州街向北，领我出襄阳古城北城门，六百多年的古城墙和城门，巍峨、沧桑得令人心颤。小北门码头的青石台阶依旧，江水依旧。想当年，我和我的同学们多少次穿过荆州街，走过古城门，走下青石板台阶，然后乘木船到达对岸樊城的六角门码头；然后，我们即把少年青春驰骋在樊城那个春、秋两季的运动会上……这浩浩的江水和古旧的码头、木船，曾泅渡了我们多少少年的追寻和梦想！

那时，人们过江已不再乘坐木船，汉江上已飞架起四座铁桥。望襄城、樊城两岸灯火辉煌，看眼前少年时的码头苍苔屐痕，我内心真是百感交集。苏校长说："这几天我不管你，你回归两天襄樊市民。晚上有空你就来小北门外独自走走，重新感受一下你记忆中的这座城市……"

感谢年轻的校长苏超时如此地善解人意。其实，生命中的许多意味深长，都蕴含在这别离后的回归和回归中悠远、伤感的追忆中了……

4

2015 年 2 月伊始，北京人已沉浸在春节前的眷念与匆忙中，购置年货与回乡过年已成为人们心中每日温暖的念头。就是在这样的日子里，我接到《襄阳日报》传媒人士魏遵明先生的电话。那时，我对魏先生印象不深，他在电话那边一个字一个字地告知他的名字是哪三个字和他的就职单位，而我真正记住并在意的只有两个字"襄阳"。

襄阳这座城市之于我，有“命运救赎”的意义。因此，对襄阳人魏遵明的电话，我怀着敬意在听。

魏先生在电话中说，农历正月二十一襄阳有个“穿天节”民俗活动，邀请我回去参加。魏先生用了“回去”二字，我心中顿生温暖；他说“襄阳是你的第二故乡”，听此我非常感动，我感受到这座城市对我感情的认可和接纳。但对于“穿天节”活动的陌生和活动中襄阳人民要推选我为“汉水女神”，我着实不敢妄为，不能应允。

我请魏先生把活动方案传给我，之后再议。

几天后的 2 月 11 日，我收到了“活动方案”。

我从这份方案中了解到“穿天节”源自襄阳古代一个美丽的传说：西周时代，襄阳万山才子郑交甫在汉江邂逅汉水女神，相赠佩珠定情。从唐宋开始，每年正月二十一襄阳人过“穿天节”，以寄情神秘美丽的汉水女神，这一习俗在襄阳沿袭了千年之久，汉、唐、宋的历史典籍里均有记载。宋代记载最为完善：这一天，襄阳城里的百姓相约从万山乘舟沿汉水而下，在江边聚会，在沙滩上捡拾汉江中游特有的带孔窍的小石头，用丝线穿起来，佩戴在头上和身上，以祈子、求福和盼望美好爱情的到来。

节日充满浪漫与情趣，也是襄阳人追求美好爱情和幸福生活的精神寄寓。

当代襄阳人的“穿天节”活动，已成为襄阳特色文化的大型户外活动，是襄阳民众广泛参与、自娱自乐的迎春郊游、交友、祈福活动。襄阳人把古老的民俗赋予了新的文化内涵，他们旨在呼唤爱情、亲情、友情，旨在唤起市民对襄阳民风习俗的记忆，以增强人们对母亲河汉江的保护、对家园襄阳的热爱之情。

如此美好的节日活动和文化传承我怎能不去？我是一个看重民俗文化的写作者，我始终认为，民俗文化是养育我们生命的文化。人在民俗中孕育、诞生，之后便是在温暖持久的民俗文化的氤氲中长大成人，再之后，民俗文化一旦渗入我们的灵魂深处，就会成为我们永恒的思念。

然而，对于“汉水女神”的称号我万不可担当。在我对传统文化的认知中，我始终认为大自然万物有灵，水有水神，河有河神，山有山神，树有树神……尤其是汉水，这样一条美丽的万古大江，孕育了一个伟大民族和千古文化的大江，如今，又三千里迢迢北上，解救北方几亿人生存与发展的用水危机，这样的江河自有其真正的女神。我一个凡夫俗女，万万担不起这样的称谓。

我拿起电话把内心真实的不安与纠结说给了魏遵明。我还建议：像黄河“洛神”一样，襄阳人可以把“汉水女神”雕成塑像，可以画成巨幅油画、国画，可以做成各种旅游纪念品，就是不要推选现实生活中的什么人在节日里充当“汉水女神”。因为她真的很神圣，很奇妙，是千古追思，是万古神往。就如《诗经》里“她”在樵夫心里的那种存在一样：“南有乔木，不可休思；汉有游女，不可求思。汉之广矣，不可泳思；江之永矣，不可方思。”对于“汉水女神”，我加一句，襄阳儿女要“永作敬思”。

魏先生听完我的诉求立即回话：“梅老师说得很好，很对。不过，我们之前已举行了八届，这是第九届，从明年第十届我们可以考虑您的建议，今年已来不及了，我们已作了很长时间的准备，各种消息已见报。还望梅老师体谅，务必前往，以不辜负襄阳人民的信任和期望。”他又说：“梅老师可以换个角度考虑，您的参与会让更多的人关注汉江生态，让更多的人为保护母亲河而行动，这不也是您多年的心愿吗？”魏遵明的话“软”里带“硬”，有“不可抗拒”“没有商量”之意。放下电话，我坐在书桌前，欣然与无奈一起涌上心来……

3 月 12 日，儿子开车送我去机场赴襄阳，我对儿子说了襄阳“穿天节”，说了“汉水女神”。末了，我说：“妈一直诚惶诚恐，妈被一位魏先生给‘挟持’了……”

儿子听后笑了，便说：“妈大可不必纠结。魏先生说得有道理，襄阳人的活动是善愿、善举，妈去了应是随缘。倘若真有汉水女神，她也不会怪罪妈的。”

望着至善至纯的儿子，我的心顿时有些许释然。

襄阳，这个具有 2800 年历史的古城，怎样品味她的历史文化魅力都不过分。

清澈而宁静的汉水使襄阳古城和樊城隔江而望，这座被今天的人们命名为国家级历史文化名城的古城，蕴含着太多脍炙人口的历史和文化。

在我有限的阅读里获知：中国世人皆知的古代名著《三国演义》有一百二十回，其中有三十回的故事都发生在襄阳；金庸的武侠小说《射雕英雄传》中的人物故事，比如郭靖、黄蓉等，大都是以襄阳为背景加以描述；我 2000 年在完成《商道》的写作中，发现中国金融业的创始人——那些在张家口、包头起家的山西豪富们（余秋雨先生称他们为中国银行业的乡下祖父），在樊城都曾有他们的巨额财产，仅山西乔家在福建武夷山的 5000 亩茶场的茶叶，每年都是千船万帆顺长江上行然后从汉口进入汉水，沿汉水而上最后至樊城码头起岸，然后开始千里旱路的驼队、马队运输。千百年来，襄阳俗有“南船北马”之称，在没有公路、铁路的古代，庞大的水路交通使襄阳、樊城成为南北物资交流最繁华的水埠。位于汉江口的武汉俗有“九省通衢”之称，而位于汉江中游的襄阳俗有“七省通衢”之称。

一方水土养一方人，这是千真万确的真理。稍微变换一下也可以这样说，什么样的水土养什么样的人。亿万年灵性圣洁的汉水，孕育了无数的天下奇才：那个被斩断了双足的献璞玉的卞和；那个坚决不做官却有着超人智慧、为诸葛亮之师并与诸葛亮结为儿女亲家的大名士庞德公（诸葛亮将其女许嫁庞德公之子）；那个东汉开国皇帝刘秀；那个才华横溢、与诸葛亮齐名的“凤雏”庞统；那个以《汉晋春秋》著称于世的东晋史学家习凿齿；那个恃才傲世、初唐五言律诗的奠基人杜审言；那博学多才、胆略过人、诛杀专权误国的武则天宠臣张易之、张宗昌，恢复大唐社稷的张柬之；那个杜审言之孙、唐代著名诗人杜甫；那个因一首《枫桥夜泊》而传遍天下的诗人张继；那个被鲁迅评价为“是一塌糊涂的泥塘里的光彩的锋芒”的唐代诗人、思想家皮日休；那个《全唐诗》收了他 200 首，其中 30 首都是写家乡襄阳、人称“孟襄阳”的山水诗人孟浩然；那个文章奇险、书法豪迈，与苏轼、蔡襄、黄庭坚并称为“宋四家”，人称“米襄阳”的宋代大书法家米芾……

还有那些在襄阳取得辉煌业绩的外籍天才：那个隐居襄阳隆中十几年 27 岁随刘备出山最终成为千古名相的政治家、军事家的诸葛亮；那个寓居襄阳人称水镜先生的司马徽；那个“建安七子”中文学成就最大者王粲，从 17 岁到 32 岁生命才智最辉煌的 15 年在襄阳度过；那个信徒百万人、译经百万字的著名魏晋佛教大师释道安在襄阳讲经著书 15 年；那个“唐宋八大家”之一的欧阳修，从童年起，生命中最美好的时光也是在襄阳度过的……

即使到了当代，襄阳籍的陈荒煤、张光年也是文坛翘楚人物。

我如数家珍般地列举出襄阳这块土地上的古今风流人物，我是想说，是美丽的汉水孕育、润泽了这些灿若星河的生命。对于汉水流域的人而言，汉江永远是他们的生命之母、智慧之母、幸福和吉祥之母。

我还知道：襄阳山川灵秀，风景优美，名胜众多，各类名胜古迹和旅游景点多达 700 余处。这里有风景幽静的诸葛亮躬耕隐居地古隆中，有依山傍水、国内保存最好的襄阳古城墙，有碧水荡漾的、世界上最宽的护城河，有遍布市内的古刹、会馆，有刘禹锡诗词中吟咏的“酒旗相望大堤头，堤下连樯堤上楼”的千年古堤……

命运中的襄阳五年，使我的目光一直没有离开这个古老而现代的城市。

而 2015 年 3 月抵达襄阳，更让我大开眼界：一个千古民俗，一个美丽的爱情传说竟如此幸福、温暖着这座城市！民俗以传说为由，已在这里演绎了千年。从襄阳汉水文化研究会的高军先生、梅笑雪女士那里获知，关于郑交甫邂逅汉水女神的传说最早可追溯到西汉，西汉刘向《列仙传》中记载：“郑交甫常游汉江，见二女，皆丽服华装，佩两明珠，大如鸡卵。交甫见而悦之，不知其神人也。”于是就下马前去与二女攀谈，仆人欲阻拦都不成。且行且谈中，多情郑公子竟壮胆向二女索其佩珠留念，二女随赠之。“交甫受而怀之，即趋而去。行数十步，视佩，空怀无佩。顾二女，忽然不见。”

在刘向的《列仙传》里面，汉水女神是两位飘忽不定、行踪隐秘，既温柔、宽容，又机智理性、刚柔相济的神女。而在东晋王嘉《拾遗记》里，汉水女神则是与周昭王相携同溺汉水的两名女子延娟、延娱。“此二人辩口丽辞，巧善歌笑，步尘上无迹，行日中无影。”二女死后化为神女。之所以为神，是因为二女无辜而死，深得荆楚人民的同情。

而祭祀汉水女神到了宋代，已成为民俗节日，蔚为壮观。这在宋人庄绰（尝摄襄阳尉，与米芾有交）的《鸡肋编》中可以领略：“襄阳正月二十一日谓之‘穿天节’，云交甫解佩之日，郡中移会汉水滨，倾城自万山泛绿舟而下。妇女于滩中求小白石有孔可穿者，以色丝贯之，悬插于首，以为得子之祥。”这里写下了“倾城”出动“泛绿舟”，而且妇女们都成了主角；玉佩太少，穿天石可以取代；得石可得子，得子能给女子带来好运，人人祈盼遇上好运。

这说明：在一千年前的宋朝，襄阳人已形成了自己的仪式和独特的民俗节日“穿天节”。由此可见，汉水女神是中国最早、影响最为深远的江河女神。汉水女神不仅出现在《诗经》《楚辞》之中，也存在于春秋、战国以来诸多的祭祀文化典籍中。

致力于汉水文化研究的襄阳女子梅笑雪对我说：“汉水女神是对汉水流域女性平民化、典型化、概括化的结果。从汉水女神身上折射出来的是汉水流域平民女性的智慧、品行和做派。在汉水女神的身上，寄托着汉水两岸人民对高贵美丽、廉洁自持、机智理性、刚柔相济的女性美的一种向往。”

对笑雪女士的诠释，我充满敬意与认同。

“穿天节”在襄阳传承了千年，但在宋以后的典籍中再没找到记载，现代人更是对其一无所知，一个襄阳文化中的珍珠被丢失了数百年！

2006年初，一群汉水文化研究的志愿者，发现了襄阳史志中有关“穿天节”的记载，尤其对宋代庄绰《鸡肋编》记述的“穿天节”的盛况备感兴趣。他们边研究边想：能否恢复襄阳古老的民俗？能否把古代民俗演绎成为现代人喜闻乐见的节日？古代“穿天节”用汉江穿天石和汉水女神为载体，踏青郊游为形式，这样的节日有由头，有过头，一定会受到民众的喜爱。

他们认定“穿天节”有着深厚的文化价值。它根植于中华民族优秀的传统文化，有利于人们追求乐水乐山的高雅情趣；它根植于神秘美丽的楚文化，在汉江边寻求奇石，寄情神女，在美的追寻中祈求生活的幸福；它根植于襄阳土地，串联襄阳的名山、名水、名人、名诗，使襄阳人汲取汉水母亲的乳汁，更加热爱故乡。最终，一个千年的文化象征在他们心中形成共识：恢复襄阳“穿天节”，引导襄阳人过自己本土特有的传统节日，遂定名为“重拾襄阳穿天节”，并确定首届“穿天节”活动的主题为“感恩母亲河，关爱人间情”。

2006年的2月18日，农历正月二十一，在初春的暖阳下，在襄阳万山脚下、汉水之滨的解佩渚沙滩上，汉水文化研究的志愿者和 400 多位专家学者、新闻记者、小朋友等，情绪盎然地过了在襄阳历史上盛行了千年、中断了数百年又重新捡拾回来的第一个快乐的“穿天节”。

襄阳人为第一次过这样有趣的本土节日而无比地开心和兴奋。

2007 年，第二届“穿天节”参加活动的人数多达 3000 余人。

从 2008 年第三届开始，“穿天节”由襄阳汉水文化研究会承办，活动主题也更加明确：“相约新襄阳，欢度穿天节”。活动得到社会各界的支持，参与的市民逾万。

……

如今，八届“穿天节”过去了。一年又一年，襄阳人都在初春的日子里，过着自己特有的节日，他们祈福、感恩，郊游、交友，他们幸福着自己的幸福，快乐着自己的快乐。这是一个呼唤春天的节日，也是一个充满希望的节日。这是先人们留给襄阳的一份宝贵的文化遗产，襄阳“捡拾”了，是襄阳的福祉。

2015 年农历正月二十一，襄阳人迎来了第九届“穿天节”。

庆典仪式安排在公历 3 月 14 日，这是一个周末。

当“女神号”游艇载着我与襄阳女子一起泛舟江上，当载歌载舞的襄阳女子动人的歌声嘹亮在江面，当系着红丝绳的穿天石挂在我的胸前，当美丽的玫瑰花环戴在我的头上，当万名襄阳儿女面向汉水共同宣读保护母亲河的誓言：岘山青青、汉水粼粼、滋润万物、养我生灵时，我生生看见襄阳古老民俗绽放出的时代光彩！我深深感觉襄阳人在庄严地过着自己浪漫又美丽的节日！我也同时觉着我是这节日里最最幸福的“女神”！

我曾无数次站在故乡的江边思忖：我在江边发生的一切，都已经成为和正在成为纠缠我一生一世的情结。我人生的许多时候，和故乡那条古老的大河——汉水，有着无法割舍的机缘。诞生与出走、幸福与苦难、险境与转机、扼杀与救赎……都在河边发生，最终揭示出一个生命的禅机——命运沿河。

第二辑

童年旧事

我发现，在经历了人生太多的苦难之后，我们才会警觉除却人类自身和我们自己的苦难外，我们身边的另一类生命所遭际的苦难与不幸。它们面临的残酷境遇，恰恰是我们带给它们的。比之人类，它们的弱小、它们的无辜都使我产生深深的忧虑。

蟋蟀“比尔”及其他

我发现，在经历了人生太多的苦难之后，我们才会警觉除却人类自身和我们自己的苦难外，我们身边的另一类生命所遭际的苦难与不幸。它们面临的残酷境遇，恰恰是我们带给它们的。比之人类，它们的弱小、它们的无辜都使我产生深深的忧虑。

儿童的天性中是最喜爱小动物的，而儿童的天性中又是最能毫无顾忌地戕害弱小生命的。这是儿童天性的悖论。我在这种悖论中长大……

蟋蟀“比尔”

童年的夜晚，仿佛遍地响着蟋蟀的叫声，那此起彼伏抑或是无休无止的声音使夜晚充满了诱惑。

在这些夏日的夜晚，我总是和弟弟他们一起溜出家门，拿上手电筒，或顺着墙边或来到一片长满灰灰菜的地里逮蟋蟀，我们那时不叫它们蟋蟀，而是叫蛐蛐儿。白天，我们早已做好了各种大小不同的装蛐蛐儿的泥罐子。泥罐子做得精致而光滑，内里掏着一些拐弯抹角的洞，地道似的，我们企图让逮住的蛐蛐儿住进去有家的感觉。泥罐子上面我们做了泥盖，防止蛐蛐儿逃跑；泥盖上留着瞭望口，好观察它们在“房子”里的动静。

我们撬石搬土，在一些潮湿的地方寻找我们心中的“勇士”。这些“勇士”都是公蛐蛐儿，我们能认出公母，我们甚至能根据鸣叫声音大小来辨别它们的性别和年龄。我们常常能逮住一些被我们称为“王子”“公爵”的漂亮英俊的公蛐蛐儿，也能逮住一些叫“关公”“赵云”的英勇善战的公蛐蛐儿。我们不要母蛐蛐儿，因为母蛐蛐儿不会“战斗”，它们从不参与“男人们”的战争。我们有严格的规矩，谁逮住的蛐蛐儿算谁的，装进各自的泥罐儿，以待第二天“决斗”。泥罐儿可以互相赠送，但决不允许相互偷蛐蛐儿。

有一次，申子哥的弟弟偷了我弟弟的“赵云”，且不小心把“赵云”强健的腿弄掉了一只，我弟弟大哭起来。我弟弟的“赵云”彪悍英俊，它有着漂亮的黑褐色，脑袋上两根细长的触须就像大将赵云手中两支百战百胜的长枪，它还有两条强劲健美的后腿，决斗时两腿蹲得很长，很有力！它的两根尾须翘起，像飞起的两翼黑色披风！夜间，它鸣叫的声音也特别嘹亮，能从弟弟睡觉的屋子传到我睡觉的屋子。“姐，听见了吗？赵云——”弟弟在那间屋子里喊。“听见了——”我扯起嗓子愉快地回答。我和弟弟因有“赵云”而骄傲着。现在，“赵云”残废了，弟弟和我都哭得不吃饭。

申子哥主持正义，揍了他弟弟一顿之后，随之将他的“关公”赔给了我弟弟。我们好几天都不理他弟弟。“关公”是我们仰慕敬畏已久的蛐蛐儿，它不仅有黑里透红的身体，而且十分地勇敢顽强，每次决斗，它不是咬断对方的腿，就是把对方的触须给拔下来，弟弟的“勇敢者 1 号”和“勇敢者 2 号”都曾在“关公”

面前毙命。申子哥将红色“关公”赔给我们，那一刻，我们对申子哥也充满了敬畏。后来，申子哥成为我们家属院十几个孩子的“王”。

一开始，我是认不准公蛐蛐儿和母蛐蛐儿的。有一次，我把自己逮住的一只肥硕的大蛐蛐儿装进我的蛐蛐儿罐儿里，罐儿里有一只弟弟送我的蛐蛐儿，这只蛐蛐儿名叫“比尔”，弟弟给它起的名字——“比尔”可能是连环画里的什么人物。“比尔”在与申子哥他们的蛐蛐儿决斗时，表现得不英勇，总是退让、逃跑，于是弟弟把它送给了我。我想，我那只肥硕的大蛐蛐儿进去后，三下五去二会把“比尔”打得落花流水。没想到，意想不到的事情发生了：我的大蛐蛐儿和“比尔”非常友好，它们用长长的触须相互碰了碰，然后又很久地碰着不动，像是在紧紧地握手。过了一会儿，它们的身体开始接触，先是拥抱，不久，尾与尾便接在了一起。很久很久，它们都很安详、很平静。不像我在弟弟和申子哥的罐儿里看到的现象：来一个“不速之客”，立即“吱吱”地咬起来，直到缺胳膊断腿。

我把罐儿捧给弟弟和申子哥看：“看呢，它们不打架……”谁知弟弟和申子哥他们看完之后，相视一笑——他们笑得很腼腆，然后说：“母的……连呢……”我长大之后回忆这句话时，我想他们当时可能是说“恋呢”。说完，他们就不由分说地把我的那只大蛐蛐儿捉住，恶狠狠地分离了它们，并一扬手把它摔出老远，他们说：“不要母的……”

第二天一早，我发现“比尔”也死了。它歪倒在罐儿里，腿脚僵直，很痛苦的样子。

我那一天很难过，其实，也说不清为谁。为我那只母蛐蛐儿还是为“比尔”？还是为别的什么……

磨坊里的蛇

蛇曾经是我们中华民族始祖黄帝部落的图腾，这种软体动物被画成一截很短的扭曲状，附着在黄帝部落所有人的头上、胳膊上和身上，成为部落人的象征。由蛇图腾到龙图腾是经过了数千年的演变的。图腾即一个部落的崇拜物，它被确认与部落有某种神秘关系，且认为是部落的保护神。我常常想，毛骨悚然的蛇究竟和原始人类有什么关系呢？他们何以将此供奉为一种不可侵犯的神圣之物？

在我儿时阅读的读物和我所处的世界中，蛇与人类却仿佛天生就处在一种不寻常的关系中。西方人在《圣经》中把蛇说成人类灾难的根源。当然，不仅仅是上古时期的希伯来人讨厌蛇，在世界多种文化中蛇都被当作邪恶与危险的化身。人们能理性地对待其他一切动物，就是不能把蛇当作简单的血肉之躯，它总是被视为具有某种特别的神秘力量和魔力的动物。

小时候，每每在五月的端午节，母亲都要在我们的耳根处涂抹上兑了雄黄的酒液，说这一天出世的蛇很多，涂了这种酒液，就能防止蛇咬；家家户户在这一天都要在门楣上系一把艾草，说有艾草蛇就不敢进门。因为害怕蛇的袭击，各地的风俗中都有防备蛇的办法：有的地方在房子的周围用石灰撒个圈，认为这样就可以将蛇拒之门外；有的认为在家里的墙壁上挂几瓣大蒜，蛇就不敢进屋了；等等。总之，蛇始终处在人类的防范中。

小时候还听母亲说，蛇好与人比高，如果你没有它高，它就会扑过来咬你。这时你就往天上扔石子，让石子超过它，它就罢休。有一次母亲回鄂西北乡下娘家时，路上碰见一条蛇，蛇倏地站了起来，比母亲还高，只有尾巴稍儿支撑在地。它挡在路上，一动不动，挑衅地向母亲吐着蛇信儿，母亲快吓晕了。这时，一个农人走过来，递给母亲一块石头，并让母亲往高处扔石头，超过蛇。母亲做了，蛇便趴了下来，钻进路边的草丛中去了……

而在更多的时候，人类是对蛇怀着憎恶感的，见了必消灭之！比如，农人们有句俗语："打蛇打七寸。"就是说见到蛇，或用镢头或用石头，要毫不犹豫地对准距蛇头七寸的地方狠狠地砸下去，大概"七寸"的地方是蛇的致命处，一两下就会要了蛇的命。

对蛇的神秘的恐惧是在民俗与教诲中日渐形成的。而对蛇的憎恶、认为它是一个坏家伙，那是在我更小的时候。七八岁时，我由于对蛇本能地憎恶，曾不顾一切地消灭了一条蛇。这样的行为，使我一生背负了对蛇的恐惧——

我随母亲在乡下的时候，我总从一条破败的墙缝里偷看磨坊里的新奶奶——新奶奶是舅爷爷的续弦，我发现新奶奶推磨时总是坐在磨道的什么地方自言自语。她微微仰着脸，眼神时而散乱时而凝滞地望着某一个地方，但我知道她什么也没看见，她只是自己在对自己说话。那时，我觉得新奶奶充满了神秘感，这种神秘感让我害怕，从不敢走近她和她说一句话。

我曾好奇地对母亲说："新奶奶总在磨坊里一个人说话……"母亲说："新奶奶孤独，一生没生过孩子。"

我就是从墙缝里偷看磨坊里的新奶奶时，发现了一条青蛇的。

那条青蛇不太大，有两尺多长，但很粗，肚子鼓鼓的。

我不知自己从什么年岁起，对软体动物开始觉得毛骨悚然。我一眼都不敢看电视里有关蛇和各类毛毛虫、肉虫的画面，甚至看见米里、菜里的肉虫我都吓得浑身发抖、尖叫不止。但我却不知我在七岁那个年龄为什么不惧怕蛇，包括一切软体动物。母亲在稻田里糊秧时，我随母亲下稻田一把一把捉稻芯虫和稻螟虫，它们全卷藏在最嫩的一片稻叶中睡觉，我一个一个把它们从稻叶中剥离出来，它们肥硕柔软的青色身体不是被我的小手一一捏死，就是一把一把被我埋在田埂上；收豌豆的季节，晒场上堆满了被大人们脱了荚的豌豆粒儿，我和一群小孩子以捉豌豆堆里的小肉虫子为乐。我们一把一把地捉，我们把那些玫瑰红、樱花红以及乳白、黄白、麻黑等各色各类的肉虫，向对方的头上、身上扔去，我们豁着牙，咯咯地笑个不停……

那条青蛇从墙缝向新奶奶的磨坊里爬时我看见了它，我随即捡起一根还带着青叶的柳树枝，使劲儿朝青蛇抽去，我连连地抽。那时我还不懂“打蛇打七寸”，所以抽了半天蛇也没死。但它除了想逃窜一点儿都不向我反攻，致使我最终把它打死。

新奶奶闻讯从磨坊里走出来时，蛇已经死了。它肚子的一个部位鼓得很大很粗。新奶奶说：“不知它是刚吃了老鼠还是有了身孕……蛇不招惹你时不要打它！”说完，她狠狠地盯了我一眼。至今想起她那很冷很深的眼神我都依然战栗。

此后的年月里，我再也没有碰到过蛇，但蛇却不断在我的梦里与我纠缠——

我在湖里、塘里游泳，一群细长的青蛇、黑蛇在我的身前身后与我竞游。我拼命地游，想摆脱它们，但却万万不能……

雷雨过后，我看见四条巨龙般的蛇静止在东南西北的四面天空，我到处找地方藏身，但却从山崖上一块巨大的青石板上滑落下来……

一条青色巨蟒静卧在海岸边，突然，它一个翻身便整个儿地翻进了海里。我正要离开海岸时，它又奇怪地从一片青色藻类植物下面发出了声音，它说："我是无处不在的……"又说："我是捉摸不定和变幻莫测的……"它说的话似乎很有哲理。它要说明什么？我望着那片湿润的藻类，惊魂失魄，想立即逃离，但我却又站在那里一动不敢动……

梦醒，我常常大汗淋漓，思忖良久：这莫非是我儿时打杀那条无辜的青蛇应得的惩罚？

我许多次地想过，什么时候人类能够对蛇公平，仅仅只是把它视为与其他动物一样的血肉之躯，不再把它神秘化，也不再伤害它，尤其在它有了身孕的时候。

眷念"黄儿"

黄儿是舅奶奶家的一只母狗。我看到它时，它已很老了，没人记住它的年龄。它枯瘦如柴，肚子总是吸得扁扁的，脊梁的肋骨很突出；尾巴也不蓬松卷曲，总是有气无力地拖在身后，一点儿也不好看，像只可怜、孤独的老狼。我跟它开始有感情是在小妹出生之后。小妹拉屎后，只要母亲唤一声"黄儿，喔——"，它就迅速地跑来，把地上的粑粑舔得一干二净，然后走到门槛外边，一声不吭地坐在那里望着我们。有时它望我们望很久，有时，我发现它眼角有泪水流下来，很苍老的泪水。

“妈，黄儿在哭……”我对母亲说。

“它想它的孩子……”母亲说。

我们住的这山里，人烟很稀，好几里地才有一两户人家，没有人家就没有黄儿的同伴。黄儿这一生只有一次爱情，是山里那个卖货郎路过舅奶奶家时，他随身的那只雄健的公狗和黄儿相爱了。后来，黄儿就怀孕了，生了三只小狗娃。黄儿还在哺乳期时，舅爷爷就把三只毛茸茸的小狗娃偷走，换了几烟锅鸦片。黄儿失去了儿女，日夜狂吠不止。舅奶奶拿热毛巾给黄儿敷奶，它的奶因没有小狗娃吃奶水已肿胀得通红。“老剁头的，害死黄儿……”舅奶奶骂舅爷爷。黄儿终于痛苦不堪出走了，好几天没有回来。夜里，舅奶奶听见它在后山上狂吠，它在找它的孩子。七天后，它无望地回来了，瘦成一把骨头，再没“返醒”过来……“返醒”是鄂西北的土语，指“恢复”的意思。

母亲讲黄儿的故事时，很忧伤，这故事肯定是舅奶奶讲给母亲的。我不敢和舅奶奶说话，我感觉她很古怪、很陌生，她有时想和我们亲近，有时却又故意疏远着我们，带着一种敌意。

有一次，我抱着小妹到水塘那边的石坡上玩，回家时把小妹的一只小鞋弄丢了，正着急呢，黄儿叼着那只小鞋颠颠地回来了。放下小鞋，它依然一声不吭地蹲在门槛外边望我们，望很久。

还有一次，母亲到城里看父亲和哥哥，交代我看好弟弟妹妹。当晚山里下起了大雨，雨水从山墙沟流进了屋里，我害怕极了，我让弟弟妹妹坐在床上别动，我蹲在木板凳上为弟弟妹妹煮了萝卜白米粥，因为我还没有锅台高。我不知放多少水，把萝卜粥煮得很稠。雨下个不停，下成了白雨。屋里的水也越来越深，我蹚着水把饭端到床上递给小弟，又盛一碗去喂小妹……我做这一切时，黄儿一直站在灶前的水里看着我。地老天荒我也不会忘记当时的一种心情：唯有一声不吭望着我的黄儿给我战胜恐惧的勇气。我给黄儿盛了一碗萝卜粥放在地上……

“吃饭了没有，姐儿？……”临睡时，舅奶奶从只有三根木窗棂的土窗外问我，她的声音很粗很生硬，嗡嗡的。“吃了……”我战战兢兢地回答。我多么希望那一夜她和我们做伴睡在一起，但她问完就从土窗外消失了。唯有黄儿蹲在灶膛前……

夜里，我被小妹的哭声和黄儿的“嗯嗯”声惊醒，爬起来就在床上摸小妹——那时，乡下没有电，我们只是点桐油灯。来不及点灯，我就在床上乱摸，摸不着。仔细一听，小妹是在床下哭，我懵懂着忽地跳到床下的水里，又摸。原来小妹不知在什么时候已掉到床下，把小妹从水里捞到床上时，我哭了起来。那一夜及天亮后盼望母亲归来的心情，成为我一生都再也没有忘记过的一次刻骨铭心的经历。

不久，爸爸要接我们进城住了。我们走时，黄儿默默地跟着我们走出了十几里地，山里不通汽车，四十多里山路我们只靠步行。一路，母亲反复劝黄儿：“黄儿，回去吧……”母亲说这话时像对一个姐妹。我想让黄儿和我们一起进城，但母亲不答应，说“黄儿是舅奶奶的”。翻过一个大山梁时，黄儿停下来不再走了。它“嗯嗯”着在山岭上转着圈，并用一只前爪刨着地。我不知黄儿要干什么，母亲说：“黄儿要在这里和我们告别了……”我再也忍不住了，蹲下身去抱着黄儿的脑袋，大哭。黄儿“嗯嗯”着，也在流泪，那泪，很苍老、很凄楚。

和黄儿告别的山岭叫杨岭。

杨岭是一个五里长的大坡，我们顺坡往下走，黄儿一直在岭头蹲着，望我们。直到我们走到谷底，回头望黄儿，还看见黄儿蹲在岭头的黑色剪影。

一年后，听说舅奶奶死了。不久，黄儿也死了，在舅奶奶坟前……

前几年，我去贵州台江苗乡。公路旁耸立着偌大的广告牌：花江狗肉，驰名天下。只见街头所有人家的玻璃橱窗里，全都摆放着被褪光了毛的乳狗，乳狗被吹了气，圆滚滚、白煞煞的，开始我还以为是褪了毛的乳猪。当我知道那是乳狗时，我在一刹那痛苦地闭上了眼睛。也是在那个一刹那，黄儿和它的儿女们穿越时间和空间，出现在我的眼前……

在贵州工作的同学要请我吃狗肉，我断然拒绝。我恨天下那些杀狗的刽子手，我也恨那些大吃狗肉的人。我相信，人对动物的残害，必将得到报应！

水塘边的鸟窝

水塘在黑夜中沉寂，这使我怀念水塘边的那棵有鸟窝的老榆树。

我们和母亲来到乡下时，那棵树正长满了榆钱。榆钱泛着淡淡的绿色，钱串儿似的，压弯了枝头。后来，榆钱落了，榆叶变老，黑绿黑绿的。知了爬到了榆树上，知了的叫声很尖长，使山里的夏天更加闷热。夜里，塘里的青蛙“哇咕哇咕”地叫着，开始是一只，后来便此起彼伏。白天，我们看见一群一群的小蝌蚪，摆着黑黑的小尾巴，摇着黑黑的大脑袋，从塘的深处游到塘的浅处，从浅处游到深处。母亲说，蝌蚪是青蛙淘气的孩子。秋天来了，榆树的枝丫上有了鸟窝，鸟窝一天天大了起来，小筛罗一样，母亲指给我看那鸟窝。那是一个已经开始凉爽的傍晚，太阳红色的光辉已擦着山顶在慢慢消失，山顶有很美的晚霞，晚霞擦抹着母亲很美的脸，我发现母亲的脸上流淌着一种很厚的温暖。

山坳里的男孩子在塘边用竹筐捞青蛙，捞上来的青蛙用藕叶包好了烧着吃。他们还吃烧田鼠，也用藕叶包着。他们还常用石头砸蚧蛤蟆，蚧蛤蟆长得很大，背上长满令人恐惧的肉疙瘩。我非常害怕，母亲从小就不让我们看杀这杀那的，包括杀鸡。母亲希望我们长大了善良。这致使我最终不敢看杀鸡，到老不敢弄死一只活鱼，买鱼时，总问："有死的吗？"小贩不理解，张几下嘴，不知怎样回答。

天气越来越凉，风也大了起来，在山坳里回旋时发着一种响声。我望着老树枝丫上的鸟窝，问母亲："好高啊，妈妈！风一吹，要掉下来吗？"

"不会的，鸟的窝垒得很结实。窝里有它们的孩子，它们不会让窝掉下来的。"母亲抚摸着我的头，很大很深的眼睛里充满了爱怜。我和母亲一起望着蓝天下黑黑的一团，我们一起想象那高高的温柔，我们虔诚地为它们孤独的、风雨飘摇的幸福祝福。

最可恨的莫过于男孩子们。一天，邻居家的男孩子爬到树上，用竹竿把鸟窝给捅了。当我看见那黑乎乎的一团从高处往下掉时，我几乎晕了！我声嘶力竭地跑到老树下，看到的只是一团团摔散的用树枝、干草、羽毛和泥垒造的鸟窝以及几只血肉模糊的粉红色肉团。那是老鸟的孩子，还没有长羽毛！我的心被撕成了碎片！母亲说：“这孩子要遭报应的……”

此后，一个关于“窝”的战栗，包裹着我的魂魄，走过了很长很长的岁月。

我长大后有几次来过那个山坳，我到水塘边找那棵老榆树，老榆树已被人伐掉，只剩下一个很悲凉的树桩。乡下的树已很少，我已很难看到儿时那样的大鸟窝。塘里的青蛙还“哇咕哇咕”地叫着，小蝌蚪还是一群一群在水塘边游弋着。我为这些青蛙和它们的孩子庆幸着，它们生活在离城里人较远的乡下，否则，它们早被送上了城里那些豪华酒店的餐桌。但我不知它们还能幸存几年。

人类什么时候才能开始悲悯我们身边的另一类生命？这个世界原本是我们和它们共同创造的……

第三辑

古树与村庄

我总在想，人与树，在千年的岁月里，相依相伴。古树、老井、石碾，原本都是家园的象征，是岁月的符号，是人类精神的所在。那么，是千年古树的消匿让村落一天天在消失吗？

寻找家园

1

我曾在我的一部书的扉页上写过一句话：“我始终认为，在人类的故园，河流永远是最母性最阴柔的风景。我精神中的‘河流情结’告诉我——无论我怎样漂泊，最终我总会找到家园。”

我相信我的生命里有一条河在天长地久地流淌……

在鄂西北我诞生的那座具有三千年古老文明的小城脚下，有一条大河——汉水。汉水被鲜明地标示在中国地图上，它是长江最大的一条支流。汉水被现今的人们称为“中国的多瑙河”。据证，它是中国目前唯一没有被污染的大江。

汉水携带着遥远的神秘，千秋万代地向我诞生时的小城飘逸而来，然后极温柔地把小城团团围住，小城呈半岛状依偎在汉水的逶迤与润泽之中。

我在河边长大。

“妈，大河从哪儿流来？它又流向哪儿去？”望着迎面飘来又远远飘去的江水我问母亲。

我想，从那时起，一个纯情女孩就一直站在江边，忧伤地谛听来自河流的一种密语——无论后来她离那条河有多么遥远……

小时候，我常和男孩子一起在夏天的大水过后，到沙滩上挖“浪柴”。“浪柴”是发大水时，从上游冲击下来的树枝、树根，它们已被咆哮的江水将树皮剥离殆尽，只剩下光滑的、长短粗细不一的内杆，被一堆一堆地掩埋在淤积的沙滩里。

到河滩挖“浪柴”的记忆至今都是幸福而快乐的——尽管那是童年十分辛苦的一种劳作。只要你向河滩的隆起部位走去，几锄头挖下去，你便会发现成堆的“浪柴”，一窝一窝的柴棍儿黑压压草虫般挤簇在一起。这时，你的惊喜不亚于发现了一室一窟的宝藏。你的收获少则几篓几筐，多则一船两船！小城里的男娃女娃扛着锄头、背篓、口袋向河滩走来，他们在十分纯情的童年里便开始享有如同淘金者一般的执着和惊喜。

黄昏，挖“浪柴”的孩子们在河滩上翻筋斗……

一个头发、耳朵、脸上都挂满了沙粒的女孩仰躺在沙滩上，她把脚丫跷得老高。脚趾上的沙粒在阳光下闪闪发光。她总爱一个人这样仰躺着，望着脚趾上闪闪发光的石英质沙粒出神。小女孩在想什么呢？她自己也不清楚。

河滩广阔而细腻，像母亲的肌肤一般；河水已恢复了往日的安详与宁静，夕阳的光辉照射在河水上，河面像撒满了金子……

纤夫们“吭唷”着沿河滩匍匐而来，他们手脚撑地，身体蜷缩在阳光下，隆起的脊背在小女孩忧郁的目光中漆黑发亮，有血红色反光。有时，小女孩好奇地踩踏着纤夫们深深的大脚窝沿河行走，小脚丫复大脚丫，小女孩追随到很远……

许多年我都在想，一个女人日后与那条河的恋情以及她一生的艰辛与梦想，兴许从那时起，就藏在她脚趾上闪闪发光的沙粒中，抑或是河滩上“小脚丫复大脚丫”的寓言般的追随里了。

当然，童年很快乐的另一件事出现在五月。五月有一个盛大的祭礼在江边举行，那是一个节日。节日里，我们胸前挂着母亲亲手缝制的好看的丝线香包，香包里装着清香的草艾，耳根涂抹着掺了雄黄的酒液，然后牵拉着母亲的衣襟，到江边参加祭礼。母亲说，江水下边有一个好人，他死了。祭礼就是为了纪念他而举行的……那时，我不懂母亲的话。

我们和母亲挤在人群里，而我们的目光总是很努力地在人头攒动、千舢竞渡的江面寻找我们的父亲——我们的父亲每年都是这个节日里很活跃很光荣的一员——他总是很矫健地从几百米宽的江面第一个泅渡到江的对岸。

但我们的父亲最终没能从他生命的此岸泅渡到他生命的彼岸便猝然消失了。此后，在故乡的江边，我目睹了一种人类的苦难，目睹了生命的惊惧和毁灭，目睹了生离死别、家破人亡。我用一颗孩童的心体验着破碎、孤独和死亡……

如果那条天长地久的大江没有承载了又水葬了我的亲人，如果我的童年在那条江边没有把人生的全部模拟完毕，我不会走向文学之路。

是的，江边曾经发生的和以后永远离别的都成为纠缠我一生一世的情结。如果说，文学创作之前我有什么准备，我是不是可以说，是上苍恩赐了一条远远向我奔来又远远离我而去的大江，以及江边的站立和倒下，江边悲风徐徐的前行和故去……

2

不错，我是把悲伤和欣喜沉淀在文字之中了。在我走过的路上，这些文字像雨，润沃着我路边的土地。匍匐的花草或金黄或玉白或血红……使我常常回过头来，很欣喜也很伤心地凝望这些并不起眼但却十分生动盎然的小生命，我总是被感动得泪水涔涔。

是的，我曾经在很长的年月里急于倾诉那些凄清苦难的历史和回忆。这些回忆犹如毒蛇般咬噬着我的内心，而最终又以一派神性的光照，慷慨地赐予我天地间无与伦比的善美、崇高和隽永。博大的赐予使我内心变得清澈而滚热。一种极其纯粹的渴望表达和宣泄一再地使我不得安宁。于是，属于我的文字一篇接一篇地在北方、南方的报刊上出现了。编辑们每每很欣喜地把这些文字编发在刊物的头条和报纸的显著位置上，他们称这些文字是“很动人的诗”和“很忧伤的散文”。此后，人们便开始注意到一个有着清纯、冷馨、诗意名字的女人连同她清纯、冷馨、诗意的文章。再后来，人们称她为“作家”。

长期以来，在公开场合，我总是羞于启齿称自己“作家”的。这倒不是我不觉得这个称呼的神圣和光荣——我曾是那样如痴如醉地把这个词汇和我一生的梦想甚至我的生命连接在一起——恰恰是中国人习惯把这个词汇看得过于神圣，甚至看作一种至高无上的荣誉或是特权而不是职业——像工人、农民、公务员、学生、军人那样的职业——我才感到诚惶诚恐。我总在担心我的思想与才气、我的创作与劳动是否全部符合这个名分的真正质地。

创作从急于表达、渴望宣泄到自觉不自觉地化作一种生命形式，这预示着人的精神成熟和皈依的完成。人生没有高地却尽是高地，艰难地跋涉不断带给我们“到达”的喜悦和兴奋。随之，我们会发现前面的路依然很美，山依然很高，没有终点，没有止境。因此，我们永远无法获得“到达目的地”的极乐，我们的快乐、惊喜、幸福仅仅是生命跋涉过程中对于位置的坚守和忠诚。现在，“作家”“诗人”——前面还常常冠以“著名”——满世界都是。“时代没有了尺度，没有了矜持，没有了起码的严整性和庄重感”（作家张炜语）。

创作需要拯救，文人需要精神安详。最好的办法之一是重新面对我们远离了的那片故乡的土地，故乡的那条河流或那条山径，那片闪烁着阳光的沙滩，那架在旷野里转动的水车，那片山腰间一层层延伸的稻田，稻田里扶着锄把、戴着斗笠的父亲和父亲的一声已经苍老的叮咛……

皈依我们的家园吧！唯有家园朴实的慰藉会使我们安详宁静，最终将创作视同为自己的呼吸。

这是心灵呼告的需要，似呼吸喂养着生命。除此之外，创作还能解释什么呢？

3

人从哪里来？到哪里去？这是哲学永恒的命题。面对现代人生存信仰、精神追求的不断迷失，人越来越深刻地希望在心灵深处保留一片古老的绿荫。这时，故土情结便成为联结人生命和归宿的最好去处。作为自然之人，我们从脱离母体之时起，已经成为某种意义上的流浪者。寻找家园、寻找母亲最终会成为我们的永远牵念，成为我们万古长存的精神主题。

浪漫派诗人诺瓦利斯说过，哲学原就是怀着一种乡愁的冲动到处去寻找家园。文学尤其如此。离别地理意义上的家园，乡愁会笼罩我们一生。这是人类的悲剧特质。但正是这一特质，再铸了我们新的生命——所有精神意义的寻找，最终都会回到寻找者生命诞生的那片山地。

36 年前，我张大一双惊恐的眼睛，离别了鄂西北故乡——那座铺满石板路的古城，那片母亲的肌肤般细腻温热的沙滩，那条撒满了金子的大江——应该说我的那次离别是一种政治意义上的“出逃”。逃不掉，我很快就会被解除学籍……

许多年过去，我都在想，倘若不是那次“出逃”，我现在必定无疑已成为鄂西北山地一个庄稼人的老妻，一个不懂得计划生育而生了四五个儿女的妇人。而又因为“出逃”成功，乡愁就成为我生命时光里永远的隐秘。日后，在我大量的创作里都牵涉到这一隐秘，它几乎凝聚了我对这个世界全部的感情。没有离别，我绝对是另一种意义的艰难和平庸；而离别最终又使我成为一个怀着乡愁四处寻找家园的人。这是一个悖论，我在这个悖论中寻找自己并证实自己。

当我最初拿起笔，小心翼翼地、一笔一画地书写乡愁时，我已大学毕业 10 年了。10 年里我都居住在塞外一座明代就已很繁荣而现代衰落了、贫旧了的老镇上。我在老镇一所砖砌的窑洞里——窑洞一排就有上百间——守护喂养我的儿子，丈夫 10 年不在老镇上。后来，我就在砖砌的窑洞里和一间门上挂着“财务室”

牌子的屋子里，开始书写生命最初的颤音。隔壁办公室里，男人们在打扑克牌，争吵和摔牌的声音很响；同室工作的女孩不停地在织毛衣；我趴在办公桌上默默写文章……

我在居住的窑洞和那间财务室里，断断续续写了三年，后来调离老镇到塞外大一些的城市，再后来从事真正意义的文学编辑和文学创作。我体验着那块准高原地带漫长的干旱和寒冷，体验的气息把我和遥远的南方母土以及母土上或远或近的声音纠葛在一起，使我看见了生命从未瞭望过的山峰——我从山脚下起步，我看见山顶岩石都在开花，我被感动得泪水涔涔。山顶上有什么？山那边是什么？

我就是这样在老镇上写下了我对这个世界最初的感恩。我常常含泪书写着我的回忆。日复一日的书写，使我进入不断失去又不断获取的生命意境。也许，从那时起，就该视作一个 35 岁女人开始的新的生命奋斗和日后她精神永恒的找寻。

塞外夏季结束便开始寒冷了起来，繁树绿叶常常在一夜之间被冻僵。天亮，你会发现冻僵的树叶纷纷飘零。风裹着青色飘零，发出“嚓嚓”的碎裂的响声。黄沙大面积从北方的天空扑泻下来，拍打着糊白麻纸的窗棂。这时候，我感觉有一种伤感和疼痛离我很近。故乡那么遥远，而往事却飘然降临——

父亲挑着一只木脚盆，脚盆里装着破旧的棉絮；一只土瓦缸，缸里一只铁锅一点点剩米……母亲牵拉着幼小的弟弟和妹妹，一步一个含泪的回眸……亲人们无声地穿过那片草场，走过长长的石条台阶，走过那口老井、那条老巷、那座老城……我独自坐在草场北端的石阶上，伤心地望着渐渐远去的亲人。在我埋头哭泣的瞬间，他们消失了，消失在秦巴山东麓的山径上。

我这样写着。塞外冬季的寒风尖啸着，扑打着窗棂，炉子的火熄灭了，我的儿子睡着了……我已这样写了 15 年。我在我 15 年的文字里面看见我南方的故园，看见生命的劳作、忍耐和不灭不泯，看见我和我的亲人们始终手拉着手，最终走回我们的家园……

我已这样写了十五年。我想，我还会这样地坚守和继续写下去。

不再沉没的故乡

数年前，一位天津的文学朋友在编辑完我的一本散文集后给我来信说：“梅洁，我很羡慕你有故乡，你把那么多美丽的文字和思念都留给了你的故乡，这是你的财富。我自小天津生天津长，长大了上大学在天津，大学毕业了工作又在天津。一生不可能再离别天津。故乡作为一种意识和思念，可我却不再拥有，仅此，比起你来我觉得我很可怜……”

读了这封信我思忖了许久也感伤了许久，原来“置身异乡”才使人拥有了永远的回归！原来离别才使“乡愁”成为纠缠我们一生一世的情结！

1

1960 年，因父亲已被划为右派，我恐惧自己要被解除学籍而离开故乡，从郧阳到襄阳，从襄阳到北京，从北京到塞外大漠。在我越走越远的路上，“乡愁”便成为我前行中再也无法抹去的情结。我因离别而失去了故乡，又因离别而永远拥有了故乡……

听母亲说，我出生在湖北省郧阳中学教工食堂旁边的一座房子里。从记事起，我就听人们称那个教工食堂叫“小厨房”，挨着“小厨房”前边不远处有为几千名郧阳中学学生操持伙食的“大厨房”，在“小厨房”和“大厨房”之间，巍然耸立着一座能容几千人举行活动的“大礼堂”。我不知母亲生我时那里是否就已有个“大礼堂”，但我清楚地记得，在我长大了一些的时候，我是在那个“小厨房”和“大礼堂”旁边徘徊了许多次的，我好像是在寻找诞生我的那间房子，好像又在找别的什么……那时我还小，不知道以后的命运中还有离别。又过了许多年后，当我开始了真正意义上的“乡愁”时，我就想，当年我在“小厨房”旁边的徘徊是否就已经预示着日后对“故乡”一生的找寻?

“日暮乡关何处是，烟波江上使人愁”，唐代诗人崔颢的这种愁绪道尽了所有漂泊异乡的人的一腔伤情。1967 年，即在我离别故乡 7 年后，汉江丹江口水库大坝开始蓄水发电，老家在滚滚江水的倒流中“沉没”了。7 年里，我已从一个少女成长为一名青年，在汹涌的“文化大革命”中，当我千里迢迢从北京就读的大学“偷跑”回去寻找流放在鄂西北深山里的父亲母亲、弟弟妹妹时，我站在当年离别时的江岸哭了很久，因为我既找不到通往父母住所的那条山路，也找不到那座诞生了我的老城，老城已“水葬”在江下。然而，我却分明看到儿时的“老城”在我的泪眼迷蒙中从江底漂浮上来——

那片有着 400 米跑道的广场，穿越广场就到了我的小学——师范附小……

挨着小学的青年路，青年路边的那口辘轳老井，总在老井里担水卖的田家伯伯……

青年路南口的曾家铺子，我总去铺子里喝五分钱一碗的甜酒……

东大街的钟鼓楼，我总在钟鼓楼底下租一分钱一本的小人书……

十字街的百货铺，我总去百货铺买过年用的蜡烛；还有我总是在午饭后撒丫子跑去看长篇小说《沉浮》和《青春之歌》的新华书店……

还有那座神秘的教堂和教堂里同样神秘美丽的外国修女，我随父亲到教堂里请修女看眼疾……

故乡那一大片铺板门连铺板门、女儿墙接女儿墙的黑瓦屋啊！故乡那小巷缠着小巷、石板路接石板路的小街啊……

日后的几十年里，无论我在北方的穷乡抑或是闹市，无论我是莘莘学子中的一员还是已做了殷殷母亲，无论是走在旅途中还是在某地定居，人们一听我的口音便问："你老家是哪里？"我不假思索地回答："湖北郧阳。"我是一个以写作为生的人，在所有场合出现的"作者简介"一栏里，我无一例外地在籍贯处填写着"湖北郧阳"。"湖北"人们都知道，"郧阳"在哪里？应该说这个既具体又缥缈，既清晰又模糊，既心寒又温暖的"郧阳"，在我心灵深处的定格早就是那座已经沉没在江底的城市！作为游子，对这座城市的寻找将成为我一生一世的情结！

2

那年 9 月，我回故乡为一所师范学校的"作家班"讲课，当我漫步在那座近两万平方米的城市文化广场上时，耸立在广场四周的高音喇叭，突然传出了激越而苍凉的萨克斯名曲《回家》。听着音乐，我的泪水悄悄滴落。后来，我了解到这是郧阳城建局局长曹立国为我返乡特意安排的。故乡那座古老的府城沉没之后，老家的人大部分搬迁到了高高的秦巴山岭上。几十年来，老家人为建设这座新家园付出了艰苦卓绝的努力，无数热血汉子在此贡献着自己的才智和生命，老家人把一池臭水沟填起建成了偌大的文化广场。文化广场建成后，老家人从杨献珍的故乡安阳镇运来了一颗亿万年前陨落的 8 吨重的星宿石屹立在广场边，这颗星宿石曾是一代又一代郧阳人心仪的神石。为寻找这颗星宿石，老家人在安阳田畴山川进行了拉网式的排查。之后，老家人把我在《山苍苍，水茫茫》一文中有关“郧阳”来历的一段话刻写在这颗星宿石下的花岗岩基座上——

> 浩瀚的宇宙在难以想象的岁月中发展、演变，某一个时刻，混沌苍穹突然发出了一种惊天动地的声音。伴随着这声音，苦难的陨落开始了。当一束圣光划破苍穹的黑暗，当悲壮的声响呼啸着自天而降，当这天外造物最终变成一块真实的石头，当石头亿万年守望着一方山水，于是，人们就把这块地方叫作“陨阳”。

陨落总是不祥的。兴许为了冥冥中的某种祈盼，兴许为了避免某种苦难，也兴许为了一种命运的寄望，又在某一个时刻，当地的人们就把“陨”字换了偏旁，写成“郧”字。于是，我的故乡“郧阳”就从远古中走来。千百年来，这颗星宿石陨落的地方，携带着幸福与苦难，跨越历史，穿越时间。或缄默不语，或深情呼唤；或燃烧似火，或冰冷如岩；或忧或虑，或喜或怨……一块天火淬煅的石头，一块真实而艰难的石头，一块圣洁而发着哲学光芒的石头，照耀着鄂西北那一方天地，那一脉江水，也照耀着我。

无论天涯海角，只要我一个人独自望天望云望夜空中的星月，我就望见了我的故乡——郧阳。

许多年来，凡去郧阳的朋友回来后总对我说，你的“郧阳说”很美；又说，“郧阳说”会与那颗陨石一样永恒。然而我只想说，我的“郧阳说”，只是我置身异乡几十年对故乡刻骨思念后的一种悲怆而诗意的想象。那是我对故乡身世的阅读，我阅读到那块天火淬煅的石头里有滚滚涌动的血脉。这血脉如同故乡江边老船上的缆绳，牢牢地把我的深情生生不息地锚在那片山地、那座城市。

为此，故乡不再沉没。

3

岁月中有许多日子让我们难以忘怀，一个又一个难以忘怀的日子，构建着我们倍加珍视的精神世界。

2008 年 1 月 18 日晚，是我精神世界里一个永远温暖的储存，人类情感中最美丽、最神圣的情绪——感动，在这一天成为生命最强烈的体验，真善美在这一天以穿透一切的力量，直达人心的深处，我相信，在这一天，再骄傲再荒凉的内心也流泪了……

1 月 18 日夜，我是在故乡湖北十堰电视台演播厅度过的，那里是举行首届“感动十堰十大人物”颁奖晚会的演播现场。

在这篇短文里我无法展示“十大人物”生命的全部精彩，但他们生命的最动人处却已成为我心灵永远的感动。

第一个走上去领奖的是一个派出所年轻的干警刘兵，一个军人般的敬礼，已把他英武的生命展现给了这个世界。为挽救因洪水垮坝而遭险情的百姓生命，他和战友在暴风雨之夜，跋涉百里山路，历尽千辛万苦，奉命转送一部急需的通信电话。暴雨、洪水、漆黑的夜、迷途的路、极度的疲劳、生命的极限……当这一切在电视屏幕上再现时，我们能不为这顽强而崇高的生命所感动吗？

刘宏才、贾伯新，两位消防军人已坐在我的身边，他们两人是为人民生命财产的安全，在一次硫黄爆炸的现场抢救中被烧掉了双耳、烧断了手指、烧毁了面容、烧伤了身体百分之七十皮肤的人。我从电视主持人方波的访谈中获知，他们在烧伤治疗的3年中，已做了30次植皮手术，而且还将再做十几次，包括将头皮割下移植到烧毁的身体部分，致使他们的头发永远不能再生。爆炸、抢救、痛苦、死亡、再生……当电视屏幕再现这些壮烈的场景时，当原本年轻英俊的刘宏才、贾伯新的照片反复出现在屏幕上时，当罩着假发、戴着白手套走上领奖台的军人向我们致礼时，我们能不为这壮丽的生命而感动吗？

孙杰，一个老实的、不爱讲话的、面部表情极其平静的老师，在离县城一百多里远的穷乡僻壤，每年教着三四个学生，这一教就教了26年！一个孤独的、寂寞的人，以生命之火点亮了一个又一个山里孩子的心灯。他说他也有想离开这寂寞山野的时候，可当他要离开时，一个孩子向他跪下了，说：“老师，你走了我们怎么办？”于是他又留下了。他说这些时，已经泣不成声。当这颗朴实的、文明的心流泪时，我们的心能不流泪吗？

还有已为四百多个贫困学生找到了资助对象的陈志忠，那么多贫困孩子在向他求助，他关心着那么多不相识的孩子，这需要怎样的耐心和爱心？！他不是哪一级政府官员，也不是妇联、儿基会，更不是慈善组织，他只是一位充满爱心的“父亲”。可当我知道，他在为孩子们寻找帮助对象时的艰难与尴尬时，当他的爱心遭遇不信任、不理解，他却依然义无反顾地进行他的善举时，我怎能不为人世间真正的善行感动呢？

还有那个默默地、无偿地以生命之血救助他人生命的青年女子王卓，你无法相信她瘦小的身体在10年内已献出了相当于4个成年男子体内的全部血量。为了献血，她每天早晨早起跑步锻炼，以保持强健的体质；为了献出健康的血液，她常常不吃肉食不喝奶……面对娇小快乐的她，你又怎能不为她“健康地生活着、快乐地奉献着”的人生态度所深深地感动？

还有那个16岁的女孩，那个在艰难贫困中一边学习一边照顾高位截瘫的父亲的女孩，那个每星期自己去拉蜂窝煤，用节省下来的一元五角钱给瘫痪在床的父亲买豆腐吃的女孩，那个如此艰难困苦却又以优异成绩考上重点高中的女孩向茜茜，她让多少父母、孩子留下了感动、反思的泪水！

在十堰商贸宾馆，向茜茜和我住一个房间，她告诉我，她家没有土地，也没有自家的房子，在村里租别人家房子住。爸爸瘫痪后只剩下头部会动，其余地方的神经全部坏死，拿刀子割都不知疼，妈妈为照顾爸爸已不能出去打工了，家里一贫如洗。但我同时看到，向茜茜得到了社会的爱与同情：一个不相识的姐姐给她送来了黑毛衣和一双高勒棉靴，徐玉美导演送她了一条红丝巾。穿着黑毛衣、围着红丝巾上台领奖的小茜茜更显光彩耀眼。颁奖会后，被感动得泪流满面的人民商场的一位董事长立即把茜茜叫到商场，为她和她弟弟各买了一件羽绒大衣，还有手套、袜子、暖水袋……茜茜说，谢谢许多叔叔阿姨都在帮助她。

1 月 18 日夜，整个城市都被感动着。每一个感动，都让人流泪……

许多时候，许多场合，我们都在抱怨今天的商品经济社会丧失精神向度，缺乏爱与同情，可在首届“感动十堰十大人物”颁奖晚会前后，我看到了爱与同情、善与良知在这里汇聚，在这里彰显，在这里传播，在这里感动着我们今天这个无暇感动的世界。

很久了，我一直在思考综合频道总监操建华对我说的话：“不是我们这个社会缺乏感动，是我们缺乏发现；也不是我们这个社会已经麻木，是我们缺少宣传。”一个电视工作者能有如此的认知，让我感动。操建华还说：“市委宣传部已决定以后每年都将评选出十大感动人物。”听此消息，我既振奋又感动：无论怎么说，我相信在当今社会，任何创建民族文明的举措，都是净世良策。任何一个时代的文明，都需要有仁人志士锲而不舍地去创建，去努力，去奋斗。无论这个社会多么功利，只要有良知在，有感动在，就有人类高贵的精神在。

感谢故乡推出了这样一个与人类美好精神同在的平台。

至于我自己成为“十大人物”之一是我始料不及的，我永远不会想到，一个少小离乡的人，47 年后能回到故乡的颁奖台上接受奖励！由此，我视 1 月 18 日晚上为我生命中最动人最温暖的一个场景，也是我生命中最难忘的一个时刻。

我是一个写作者，我知道我获此殊荣，是故乡的父老乡亲对于我这个“荣誉市民”（2007 年 11 月十堰市政府把迄今为止唯一的“荣誉市民”称号授予了我）的高度信任，对我作品的高度信任。但我想说的是：如果没有故乡这块土地巨大的牺牲和奉献，如果没有美丽的汉水在南水北调中线工程中伟大的担当，也就绝不可能产生《山苍苍，水茫茫》和《大江北去》这两部作品，故乡和汉水是上苍对我命运的恩典。这片热土和这条江水以人类文明史上最悲怆最伟大的力量，引渡我流浪的精神进行了虔敬的皈依。所以我要说，是故乡深深地感动了我，是故乡伟大的人民感动了我，是美丽神奇的汉江感动了我。而我只是做了我应该做的事情。

我的故乡在迁徙

1

前些年我在故乡湖北郧阳、丹江口、十堰等地采访时，看到各级政府官员和父老乡亲为送汉水进京而日夜奔忙着、焦灼着。他们最最焦灼的是移民！是啊，几十万移民要在两三年内迁徙完毕，谈何容易?

他们是一个个生命，是一家家人，不是羊更不是一根根木头啊!

我常常看到一些故乡领导和移民干部紧锁着眉，向你说着话时脸望着天，不知是对你说话还是在喃喃自语。我想，他们是把沉重的心事托付给天啦!

我常常听到汉江两岸的乡亲们说：要搬快搬吧，我们都等老了，房子都等得快塌了，媳妇都等没了……望着他们近乎乞求的眼神和风雨飘摇的土屋，我总是别过脸，望着远处的山，无法回应。

半个世纪了，这块土地上的人们从来没有安生过。今年调水呀，明年调水呀，一说就是十几年、几十年，一纸“停建令”下来，他们不能修路，不能建厂，不能盖房！他们在等待中贻误了发展，在等待中老去了生命！在等待中 48 万人已别离了故乡，沿江几千个村镇、古城都已沉没在了江底。

50 年了，故乡一直走在迁徙的路上……

2010 年，老家终于开始二期移民了！消息从不同渠道传来，远在京城的我，和老家人一样振奋。

背井离乡——一个原本沉重又悲伤的事，对于故乡来说，竟是一件解脱般的快事！是熬白了头发要一洗沧桑的快感！是前途未卜、翻过山就能明白的期盼！是漫长的没有结果的一个结果啊！

实在等不起了，我的故乡！真的开始上路啦，我迁徙的故乡！

2

5 月 5 日，我和几位中国作家在湖北郧西。

在悬鼓山，接到故乡县委书记柳长毅发来的短信："梅老师，你在哪儿？家乡已开始移民了，你什么时候回来看看？家乡的樱桃熟了，我们接你回家吃樱桃吧！"

看完短信心中好一阵温暖。我就想，有什么比故乡的人与游子的心更默契呢？

5 月 10 日，我回到了湖北郧阳。五月的家乡，满树的樱桃压弯了枝头。父亲母亲的坟茔旁，塔柏、香樟、紫荆、春兰长得葳蕤苍翠。跪下为苦难的父亲母亲叩头，含泪祝福亲人们安息。

起身环望满山的墓地坟茔，沉眠地下几十年的灵魂，也都从这座山、那座山迁到了这里。人间、地下，都在为了一江清水送北京而庄严地别离、迁徙！

金菊一见面就告诉我："安阳镇已迁走两批移民了，这几天若不下雨，还会有一次千人大移民！县里领导分批带队，这次有我……”县委宣传部年轻的女部长还是那样爽朗，那样快言快语，一双大眼睛扑闪着，有平静，有庄重，有责任在肩、义不容辞的坚毅。

广电局播放室，年轻的副局长陈绪平和他的同事们为我播放第一批、第二批郧县安阳移民到达湖北团风县移民新区的片子，片子没剪辑，全是原始素材。我一口气竟看了两个半小时。

满载着移民和家什的大客车、运输车，长龙般在山间公路缓缓前行；一朵朵鲜艳的大红花挂在移民胸前；走了千里之路后大红花又挂到了移民新区的房子里。

一排排、一栋栋含有欧式建筑元素的黄瓦白墙的移民新区，矗立在穿街而过的河渠两边；别墅式的房屋里全部装有自来水、煤气管道，设有卫生间。

移民新区将入住 874 户、3782 位来自安阳的移民；团风县人为每户移民送来了一份午餐、一袋米、一个开水瓶、一提挂面、一桶油、一筐青菜、一部电话机、一副对联、一挂鞭炮……移民进屋就能开伙。

移民新村已有粮油、蔬菜供应点，已有超市、学校、图书室、卫生医疗室……

啊，乡亲们毕竟等到了一个全新的时代！

“移民不是泼出去的水，而是嫁出去的女，为了国家利益，移民牺牲了自己的利益。作为娘家人，我们有责任帮助他们，让他们迁出后尽快融入当地，安居乐业。郧阳永远是移民的家，欢迎你们常回家看看……”送别仪式上，县委书记柳长毅讲着话就落下了眼泪。陈绪平说，他已经第八次落泪了。一共要走三十多批移民，谁知他还要流几次眼泪呢？

这个嘴硬、心肠软的县委书记啊……

“移民工作无小事儿，移民利益大于天！”县长胡玖明操着武汉话到处讲。

第一批移民是柳长毅总带队，快要出发时，胡玖明从车窗伸进一只手，拍着柳长毅的肩说：“柳书记你可莫哭！现在移民感情脆弱得很，你一哭大家就都哭起来了！”柳长毅双眼通红没作声，他在忍。

常务副县长邵际军把办公室搬到了柳陂移民村，他天天挨家挨户地走访、做工作，移民们脸难看、话难听、门难进。是呀，柳陂人已是第三次迁徙了！几十年、几代人在荒沙滩上创造了一片国家级无公害蔬菜基地，现在又要全部沉没了，柳陂人的牺牲有多大？邵际军同情他们，他贴着心窝和移民们说话。因长时间地说话，他的声音完全嘶哑了。

县移民局局长邓兴忠来了，长年在乡村移民中走呀走呀，他显得格外清瘦而黝黑。人们告诉我他的手机上存了 1000 多个移民的电话号码，他每天与移民通话的次数多达 120 次。

……

啊，乡亲们毕竟等来了一班有全新执政理念的好领导呀！

3

县移民指挥部设在移民局很旧的小院里。副总指挥长周吉礼的办公室门开着，人不在。

环视周吉礼简朴的办公室，我在想：两年前我认识了那个相貌英气、说话幽默、做事果断、极富判断力的周吉礼。如今，政法委书记兼起了移民指挥部常务副总指挥的职务，看来，特殊时刻，县里在紧急调兵遣将。

正想呢，周吉礼进来了。“哎呀梅老师，你可回来啦。你知道我们咋盼你呢！”坐下后，周吉礼又说：“真是忙昏了头，身体还不争气……”这时，我看到他左小臂上有隆起的一块肉包。他说他感冒不好，咳嗽不止，打了 18 天针也不痊愈。医生做结核化验，说他肺部深处有结核菌感染。我担心地说，那你一定要注意休息啊。周吉礼说，移民的关键时刻，怎么休息？

是啊，移民的关键时刻，成千上万的乡亲每天都在等待着启程的号令，千里迢迢的迁徙长路，数万个家庭的安家落户……每天都要做重要决策的指挥部，“休息”“保重”“注意身体”等词语，对于周吉礼们已是奢侈了。

周吉礼很快说起了“包保”工作队。

“包保”？！这是今天这个时代、调水源头人民创造的一个新的词汇，我开始竟没有听懂。周吉礼拿给我一张红纸，那纸上密密麻麻印着“包保”的内容，周吉礼说，他们印了一万份，“包保”队员人手一份。我粗略地看了一眼那张纸，那是个严密且严厉的责任体系——

面对压倒一切的“移民”工程，县主要领导包移民乡镇，县直单位包移民村，党员干部包移民户。66 个驻村工作专班、1200 多名党员干部组成 109 支工作小分队，迅速下到乡镇村庄和移民家里，落实责任。

我细读了“十包”责任制：包移民搬迁户的思想政治工作，包移民政策宣传，包移民身份和指标核查，包各类矛盾纠纷排查，包上访移民情绪稳定，包搬迁户协议签订，包督办移民搬迁户建房，包腾空并拆除旧房，包顺利搬迁，包善后处理相关工作。

我突感一阵沉重：在“包保”这个词汇后面，有着多少艰辛、汗水？

周吉礼还告诉我，为了更好地做通移民思想工作，他们曾组织全县开展“我回家乡帮移民”活动。全县1000多名公务人员回到家乡化解了5000多名移民的心事……

啊，全县出动了！一个多大的“战役”呀！

啊，父老乡亲们终于赶上了“以人为本”的新时代，不再是不堪回首的“以水撵人”“以枪赶人”“用绳子捆人”的年代了！

天下着小雨。中午，我来到安阳龙门堂移民村。

村主任刘继武向我走来。当我和一双粗糙的、结实的中年男子的手相握的一刹那，刘继武怆然的泪水夺眶而出。我的泪水也滚滚而出。这个坚强的男人，多少天、多少月、多少年都在鼓励自己的村民：为了国家的工程，为了北方人能喝上汉江水，我们到别的地方重建新的家园吧，我们不哭。可他在我面前，却再也无法忍住泪水。他用一双粗糙的大手胡乱地抹着脸上的泪水，然后指着村前广阔、肥沃的田地说：“今年地里没种一棵庄稼，去年都说搬呀搬呀，结果也没搬，地都撂荒了……”我顺着他手指的方向看去，往日的千亩稻田里长满了杂草，刘继武心疼这来之不易的土地。

安阳镇在半个世纪里因调水工程两次被水逼上山岭，这次千年的汉水码头“小汉口”要全部消失了！一代哲人杨献珍的故乡要消失了！

“你去忙吧，搬家乱糟糟的。”我对刘继武说。

“好，那你忙。以后有机会到团风那边看看我们。”刘继武流着泪说。

我不忍心再看这个流泪的男人，只好别过身去……

中午了，县里的“包保”单位开始给移民送饭。每家按人口计算：每人两碗方便面，两根火腿肠，一袋榨菜，一瓶矿泉水。移民们已经没有了锅碗，许多人家的房子已拆了。

看啊，坡上坡下，坎上坎下，大路小路上，都奔走着送饭的“包保”队员。他们挨家挨户地送，他们一盒盒、一根根、一包包地把饭送到移民手上。这也许是他们的“包保”内容之一吧。

送饭完毕，“包保”队员们或站在树下或蹲在地上吃方便面……

午后，天开始下雨，好在49辆货车已装载完毕，盖好了苫布，编号列队，卧龙般静静地停在公路边，只等出发的命令。下午四时，一声令下，货车徐徐驱动，离开安阳镇，向广阔的江汉平原驶去。

4

雨越下越大，我来到郧县安阳镇青龙村。

青龙村数百人已冒雨集结在青龙小学。小学校的教室里、走廊里、屋檐下都蹲着、坐着、站着一群群来自各村组的移民。他们在那里等着上车的命令。

天气很冷，移民们大多穿得很单薄，很多人光脚穿着草鞋。

如果按上级规定的出发时间——明天凌晨 4 点——他们还要在这里等十几个小时。只有一个月大的小移民刘心雨、只有两个月大的小移民陈从园怎么受得了？那个 70 多岁的、坐在轮椅上的偏瘫老人怎么受得了？她大小便失禁啊！那个等待生产的孕妇怎么受得了！那个癫痫病人怎么受得了……

许多移民几天前房子都扒了、锅灶已拆了，他们已好几天没吃上热饭、没喝上热水了！

我多么希望指挥长现在就下命令，让移民们上车、出发！否则，这样的雨夜他们怎么熬得过去？

我知道我这样的想法多么荒唐！

亲自来送移民的县委书记柳长毅和包保干部们急得像热锅上的蚂蚁，在人群里窜来窜去，稳定大家情绪。深夜 11 点，副总指挥长周吉礼断然决定违规夜行。他走到柳长毅面前，低声说道：现在情况特殊，必须马上出发，否则要出大问题。从现在开始，你不要给我打电话、发短信。路上的一切由我负责。说完他毅然决然跳上指挥车，大臂一挥，让千人车队出发！

那一刻，郧县的青山一定是静默的，在向一个为了人民安危而敢于担当的指挥官致敬！那一刻，天空落下的雨是悲壮的，它们在为一个如此大义的壮士挥泪！

那一刻，柳长毅的心里肯定是翻江倒海的，为周指挥长的凛然而震撼，为战友的患难之交而感动。多么好的干部！多么好的战友！因为他们，柳长毅再次感到奋斗的意义。

他向指挥车上的周吉礼缓缓举起手臂，泪水混合着雨水冲过他的近视镜流进嘴里。

湖北，18 万人动迁，8 万人远迁，一个中国从未有过先例的大移民，无论是帷幄里的运筹还是激战时的应变，人民都会无比感念那些为民众利益而敢于冒死担当的决策者，他们的存在是人民的福祉。移民是世界性的难题，就中国而言，20 世纪六七十年代野蛮的政治移民和现在市场经济、提倡“以人为本”环境下的移民更不能同日而语。所有的工作理念、工作模式、工作方法的创新，在“南水北调”这一世界罕见的移民工程中都将具有披荆斩棘的意义，在中国移民史上都将留下贡献性的一笔。

5

我和故乡的朋友兴明、萍清迅速来到沿江大道，我们想在那里送送乡亲们。

雨，在昏黄的路灯下扯着斜斜的银线，雨点打在伞布上发出嘭嘭的声音。

夜，静极了。江风吹过来，凉飕飕的。街上没有一个行人。我们三人站在雨里等待，等待乡亲们从这里走过。

23 点 15 分。一辆警车驶过。一辆指挥车驶过。一辆医务救护车驶过。啊，满载移民的豪华大轿车驶过，一辆又一辆……一共 25 辆啊！

我们向车子招手，向父老乡亲们招手。

故乡的人们呀，你们就这样在这寂静的雨夜悄然地告别了故乡！

永远的告别呀！

父老乡亲们，祝你们一路平安！

我鼻尖发酸，泪水和着雨水，在脸上奔涌……

突然，手机铃响了，是金菊发来的：“梅老师，辛苦您了！我代表 220 户、946 名移民群众向您致敬！我看到您深夜站立在风雨中的形象，我万分感动！保重，再会！”

啊！金菊在护送移民的汽车里看见了我！

又一阵手机铃响，是护送移民到安置地的周吉礼发来的：“梅洁大姐：我没能力、没条件为人民干大事，但无论干什么事我都要无愧于人民，个人安危实在是太小的事！这次您回来太仓促了，没能陪您。希望下次回家时，时间备足点。”读着周吉礼的短信，我已泪流满面！多好的故乡！多好的人民！多好的执政者啊！

抬头仰望雨夜的天空，我双手合十，为我迁徙的故乡百姓祈祷平安……

古树与村庄

1

在秦巴山东麓的山涧里，在我奶奶两间土墙草屋的东侧土路边，有一棵巨大的女贞子树。乡下人不叫它女贞子，叫它白蜡树。白蜡树的树干很粗，两三个大男人都环抱不住。白蜡树的树干龟裂着、扭曲着、挺拔着，树身上长了许多馒头大小的树包，像爬着许多静默的龟。奶奶说，那树活了四五百年了，有神灵的。

每到夏天，白蜡树的阴影比几间房子都大，大人、孩子都喜欢在树下歇凉。我和妹妹、舅奶奶的孙子福哥，总爱在树下玩“抬轿子”“吹叫叫”的游戏。我们把白蜡树的叶子摘下来，卷成一个细筒，放在嘴里一吹，便发出很好听的声音，这是我们童年最好听的音乐；我们还做着各种各样的泥人，用柿树叶为泥人做衣服，然后，把穿着柿树叶衣服的小泥人放进白蜡树靠地面的一个很深的洞里，小泥人有家了，扮小泥人爸爸妈妈的福哥和我，这时，便会豁着牙笑个不停。

我们非常想知道树洞里的秘密，但我们不知那个树洞有多深，我们有些恐惧。我们一天天往树洞里放泥娃娃，也不知我们放了多少“娃娃”在里面。我们只是看见每天有长长一队的红蚂蚁从树洞里爬出来，很大的红蚂蚁，通体鲜红、透亮的红蚂蚁。奶奶严禁我们伤害那些红蚂蚁，奶奶说，白蜡树身上的任何东西都是神灵，都在保佑我们。

有一天，躺在竹床上的我发现蚊帐顶上卧有一条蛇，一圈一圈，卧成一个漂亮的盘。我吓呆了！母亲搂住我压低声音说：别出声，那大蛇住在屋外的白蜡树上，它是来我们家串门，一会儿就会回去的……

后来，我们到了上学的年龄。大学毕业后一直在城里教书的父亲，接母亲和我们几个孩子进城了，此后，我再没有回到乡下。

再后来，就听说那棵白蜡树被砍伐了，它的树干被锯成一节节，拉到土高炉去“大炼钢铁”了。当它的树身被投进火焰时，发出一声声爆裂的巨响，使烧它的人毛骨悚然……

与白蜡树一起被砍伐的还有一棵金冈华栎树。金冈华栎树长在去外婆家的路上，它的年龄比白蜡树还要大，树干比白蜡树还要粗，树上有六七个笸箩大的鸟窝。因树的博大雄奇，人们就以它命名一条山岭，叫“华栎树岭”。不知从哪个朝代开始，“华栎树岭”便成为一个地名，人们在说到一个人家时，总是说“华栎树岭杨家”或“华栎树岭陈家”等。

金冈华栎树被砍伐也是因为“全国大炼钢铁”。人们说，它被砍的时候，几百、几千只鸟在天空盘旋，哀鸣长达几个小时，后来，它们便不知去向……

这几年，我频频回到故乡。每每看到奶奶当年住的土墙草屋，我就倏忽忆念起那棵古老的白蜡树，那婆娑笼盖的树荫、那通体透亮的红蚂蚁、那盘旋的大蛇、那树洞里的泥娃娃、那树底下我和福哥天天吹响的“叫叫”……所有的物什都穿越时空，一刹那来到我的眼前。

如今，白蜡树的村子寂寥了，华栎树岭落寞了。

我总在想，人与树，在千年的岁月里，相依相伴。古树、老井、石碾，原本都是家园的象征，是岁月的符号，是人类精神的所在。那么，是千年古树的消匿让村落一天天在消失吗?

2

数千平方公里的神农架延绵到了我的故乡。

科学证明，鄂西北的神农架是170万年前地球出现第四纪冰川时期时，未被冰层埋藏的土地，渐渐成为一座巨大的生物避难所。如今，在世界许多地方早已灭绝的植物独在此幸存下来，大难未灭。它们被誉为“活化石”。据不完全统计，神农架林区属于古老、珍稀、濒危的树种有100多种，主要有巴山冷杉、秦岭冷杉、铁坚杉、鹅掌楸、珙桐（鸽子树）、香果树等。国内外专家一致惊呼：在一个地区保存着如此众多的珍稀树种，不仅在中国，就是在全世界也实属罕见。

然而，数次走进神农架，使我久久不能忘怀的是在林区驻地松柏镇外5华里处的那棵梭罗树。民间称梭罗树为月亮上的神树。那棵树已有500多年的历史，树身因古老而产生空洞，成为蛇巢。人们每年春天都看到几十、上百条蛇从树洞中蛰醒爬出。附近的百姓原先不知树种的珍稀、生命的不可侵害，曾在蛇群冬眠之日，用火焚烧这棵大树。不想，一连烧了几个冬日，以至把下半截的树身都烧焦了烧煳了，可它仍昂首向天，枝繁叶茂。

事实上，现今已被联合国列为地球自然保护圈的神农架，我们能看到的千年古树已寥寥无几，一个原本属世界级的原始森林也曾在20世纪疯狂的“大炼钢铁”中几乎被砍伐殆尽，在长达20年、每年向国家上交10万方木材的“砍砍伐檀兮”中，神农架里古老的大树也几近消失。

20世纪90年代伊始，我曾与故乡几位文学朋友第一次走进神农架，在神农架半壁岩处，我们看到一棵遮天蔽日的铁坚杉，神农架的杨先生说，此树用年轮锥探测，大约生长了1184年！树高36米、树径2.7米的铁坚杉是第四纪冰川时期幸存的树种。杨先生说，相传110年前，这棵古杉下面不远处，也长着一棵同样高大的古杉，山里一家姓潘的有钱人家想用此杉做寿器，就命三名樵夫砍伐了这棵古杉，就在树倒下的那一刻，三名樵夫全被砸死。此后，潘姓人家也日渐衰落，十多年前已经绝户。

杨先生又说，铁坚杉根部位置曾有一个几尺见方的水潭，水潭清澈见底，潭内常年栖息着两只青蛙，皮肤鲜红无比。山里百姓视其为“神娃”，常赶几十里、上百里山路来树下烧香、磕头、放鞭炮、祈祷，或盛潭里清水喝饮，以求消灾治病。山民们还在古杉一米高处的树身上掏了一个长方形树洞，当佛龛，里面摆放着一尊神像。为了阻止山民们的过度迷信活动，几年前，林区工人已把树根部的水潭填死，树身上的“佛龛”现已合拢，长上了树皮。

“填平了水潭，那两只红蛙怎么办？”当我问询时，已感到浑身一阵战栗。

“填水潭时，先用石板把水潭盖好，再在上面填土，那两只红蛙兴许现在还活着。”杨先生笑着说。

“其实，不该把红蛙埋到下面……”我不禁黯然神伤。

杨先生指给我们看树的高处。他说，在那纵横交错的树枝上，每到夏天，就盘踞着许多条红蛇。去年夏天，他就亲眼看到一条长约 15 米、粗约 20 厘米的红蟒从树上爬下，缓缓爬向草丛。有人本想去打，忽又不忍，便手下留情，让那火红的精灵逍遥而去。

“其实，神农架里的任何生命都不该去伤害的！这也是它们的家园。”至今，我都不能忘记我说这话时神秘兮兮惆怅兮兮的样子。

也许是对故乡千年古树的深重怀念，也许是对那些走过了唐、宋、元、明、清千年岁月的生命心怀太多的敬重，当我的朋友呼唤我去中原淅川看一片稀世珍宝——古树园时，我便充满了感动。

漫忆“过年”

1

中国的“年文化”源远流长，“年”里的喜庆、吉祥、团聚、祝福成为中华民族几千年不泯的文化象征，在我们的血脉、精神和现实生活中生生不息地传承。

然而，曾几何时，“年”的盼望与喜庆，“年”的热闹与温馨，在工业化密集的城市已越来越疏离。这个原本最能承载我们幸福与快乐的日子，仿佛在渐行渐远。

是工业文明离弃了农耕文明，是富裕替代了贫穷，还是多元文化挤走了本土文化?

2

我的童年许多时候是在对“年”的盼望中度过的，也是在这年复一年、岁月交替的温馨中体会着生命的善美与真情。记忆里每年腊八节一过，母亲就忙了起来，她要赶在大年三十以前为我们兄妹每人缝一件新上衣，做一双新布鞋。那时，每人每年只有6尺布票，母亲总是攒着过年时才为我们所用，让我们在过年时排排场场；腊月二十七以前，父亲、母亲总是要把房间彻底打扫一遍，要把被子、床单全部清洗干净；大年三十上午，父亲总是要把“门神”年画、对联贴起来，“门神”年画有观音菩萨，有红脸关公，有白胖娃娃抱着一条大鱼……

家家户户把年画、对联一贴，鄂西北古城便有了一街一巷喜气洋洋的氛围。

包子、饺子、糯米糍粑、米粉蒸肉、排骨藕汤、香酥鸡、糖醋鱼……母亲是这世间最会做美食的女人，我们一年里吃不到的东西，在“年”里母亲总是要一样一样给我们做着吃。

大年初一，天不亮我们兄妹都要赶紧起床，穿上母亲为我们做的新衣，蹦着跳着去给亲戚、邻居拜年，这时大街小巷都蹿着一群一群拜年的小孩儿。也有穿着干干净净衣服的大人走在街上，他们一见面，总是双手一抱相互作揖，说一声“过年好”，然后哈哈地笑，真是满面春风。我们这些小孩子到了别人家，“扑通”一跪，就给长辈磕起头来，也有不磕头的，磕与不磕，人家都会一把一把往我们衣服口袋里装爆米花、红薯丁。拜年回来，一边吃饺子一边告诉母亲，衣服口袋缝得太小了，装不了人家给的爆米花、红薯丁……

我少小离家，许多年，都难忘过年时母亲缝的新衣、做的美食，忘不了和弟弟妹妹一起走街串巷的拜年经历，忘不了被爆米花、红薯丁染得黑乎乎的嘴唇……

童年时，不懂得什么叫“望眼欲穿”，长大后才品味出小时候盼过年的心情那才真叫“望眼欲穿”呢！

十几年过去，大学毕业后我分配到了塞外蔚州，即今河北省蔚县。在这座明代就有的古镇上，每到年关，家家户户张灯结彩，各式彩灯挂满了长街；腊月的集市上，满街都是卖窗花买窗花的。

太阳照在窗花“亮子”上，一街的灿烂亮丽！进了腊月，蔚州家家户户刷房子，贴对联，粘窗花，喜庆极了！那个年代，蔚州人很贫穷，但“年”的气氛在古镇才叫“浓得化不开”呢！

我呢，与母亲一样，一定要赶在年前，为我的两个儿子做起一套漂亮的童衣，我家那台蜜蜂牌缝纫机，白天、黑夜都踏响着我深深的爱怜。那一件件压着花边、胸前缝着猫狗花样的童衣，装扮着我两个儿子“年”里最快乐的时光。

大年初一，天不亮，3 岁、5 岁的两个儿子就起床，和他们的爷爷在院子里烧一堆刺柏，年前的集市上，到处有卖刺柏的，专供大年初一用，蔚州人说这叫“烧旺火”，说烧了旺火一年里日子都会旺旺火火。家家户户烧着旺火、迎着晨曦，点几串鞭，放几十支纸炮。那种时刻，我就实实在在地觉得“过年啦”！

3

后来，我们搬进了城市。我就把自己关在城市的水泥匣子里写作。在城市里的年月，我居然没有“过年”的意识了。每到快过年时，丈夫总是忙着打扫呀，布置呀，清洗呀，购买呀，忙得有滋有味。每每看到丈夫极辛苦、极认真地准备着“过年”，我都很感动，但我却总是那样表现淡淡的，像过平常日子一样。唯有新年钟声敲响的那一刻，城市里突然炸响的爆竹才使我心潮涌动，整整能持续半个多小时的鞭炮声、火药味和夜空里的缤纷绚丽，才使我惊喜生命又进入了新的开始。

但后来，城市里规定春节不许放爆竹了，这沿袭了几千年的表达喜庆形式的结束，给一个民族心理上带来怎样的落寞！许多年，在不能放爆竹的“年”里，我就和我的丈夫、儿子挤在沙发里，肩挨肩头靠头地簇拥在一起，愉快地聊天，说些我们的往事、现在和未来。这样的日子，窗外总是寒风尖啸，树枝稀疏而枯瘦。北方的冬天雪少，凄冷且干燥，天空尤显得辽阔而高远。这样的日子，我和丈夫、儿子依偎在一起，说很温馨的话，是“年”里最快乐的事了。

后来，我的两个儿子都先后离开了家，他们到很远的地方上大学了，我突然地感到了孤独！但到了冬季，我又有了无尽的盼望。我知道在这样的冬天，我的两个儿子都要从很远的地方坐着火车回来过年，我要为“过年”而快乐而忙碌了！在北方宁静而漫长的冬天，我年年有这样深切的盼望。我和我的家人因为有这样的盼望而感动着。不管平时的日子多么孤单，但是在这样的冬季，我的儿子们会从天涯海角赶回来，赶回来看望他们的父亲母亲。我们一家人总会有一年一度最快乐最温馨的相聚。即使不放爆竹。

现在，我的两个儿子在北京都有了各自的家，有了自己的儿女。每年大年初一，两个儿子带着家人赶过来拜年，中午一起吃饭，这便是年里最喜气的日子。下午，孩子们即回各自的家，我便恢复平日里的孤单，只是望着丈夫的遗像，想念着我们一家人曾经簇拥着在沙发上挤着靠着说话、看春晚的温暖的往事……

4

记得十年前，我曾踏雪到了河北内丘，我是慕名去内丘看年画的。那时，一场春雪悄静地落在了内丘的田野上，田野上农家建造的简陋的庙宇里，飘着同样悄静的香烟纸火。内丘的朋友告诉我说，那天是农历二月初二，“二月二龙抬头”，二月二是内丘民间年里的最后一个节日——土地神诞生日，庙里的香火是祭土地神的。

虽然春节已过去些日子，但走在内丘，我仍觉着有一种悠远古朴的气息氤氲着这块土地。当我走进魏家屯村时，这种感觉就更加浓烈了起来。家家门前的年画、对联依旧鲜艳，门楼墙壁上的小香炉里，依旧燃着袅袅香烟。在一位叫魏进军的农家，我平生第一次看到了许多年画的木版，魏进军说他家七代人做木版年画，经历了六百余年沧桑、动乱，至今仍保存下了年画的 28 种、一百多块木版，他的灶神年画木版是清道光十九年的木版，他的穗穗老母（观音菩萨）年画木板是清末民初的木版，当然更多的是近代木版，是他的祖父、父亲和他雕刻的。

魏进军从他家仓房里抱出一大堆雕刻木版给我看，在他的指点下，我发现他的“全神家堂”木版上有 19 座神像，“天地神”版上有 23 座神像……诸多的天地自然神地笑着，簇拥在一块块长 30 厘米、宽 20 厘米的沉甸甸的杜梨木木版上。魏进军的年画是在粗糙的白纸上用红、黄、黑、绿四色套版印刷，即印制一张年画需要四块雕刻木版套印，在没有现代颜料的古代，魏进军的祖辈们就用石榴花制红色，用槐米（槐花骨朵儿）制黄色，用烟灰和锅底制黑色。每年的农历十一月魏进军和他的父辈们就忙碌起来了，他们要用 40 天的时间印制年画，腊月十五至二十三是年画上市的日子，这日子是千年的约定，不能违反。几十万张年画四色套印下来就是近百万次，魏进军的手臂累得肿胀，一旁递纸翻纸的妻子也手指肿大、食指指甲被磨掉，我们可以想象，在这迎接“年”的日子里，魏进军和内丘的农家有着怎样的艰辛而又神圣的艺术劳作。

从魏家屯村出来，我们来到南双流村。南双流村家家户户几乎都贴着小版年画，这些小版木刻年画长 18 厘米、宽只有 10 厘米。朋友说，这就是在内丘民间流传千年的“纸马”。令人惊讶的是这些“纸马”大量印制的是民间俗神，诸如福禄寿禧神、财神、喜神、媒神、土地神、娘娘神；民间保护神与行业神，诸如门神、灶神、药王神、土神、水神、鲁班神、茶神、酒神、仓神、路神、井神、场神、车神、梯神、中梁祖神（内丘人说他是姜子牙）；还有保护织布机的吉（机）神，保护牲畜家禽的牛神、马神、鸡神、猪神……除此，还有诸多的道教、佛教神明：元始天尊、玉皇大帝、上元天官、太上老君、南海大士、八仙、弥勒佛，以及诸多的自然神明，如雷神、雨神、水神、草神等。

所有神明都被内丘人用简朴的线条勾勒成了人的模样，他们身着古代的宽袍大袖，头戴各式官帽，手持各色神器。比如那位头戴宰相纱帽、手持如意、面目严肃清癯的文财神（内丘人说那是大忠臣比干）；比如身披铠甲、脚蹬战靴、手持双剑、怒目三分的马王神；还有身背粮袋、头戴草帽、喜气洋洋的场神，神奇的从鼻孔里长出两只粗臂大手的土神，贴在磨碾上手持长剑骑着大虎的白虎神，以及小心翼翼扶着孩儿从梯子上走下来的梯神……

所有神明都成为内丘人生活和精神的崇拜，这些全部被形象化了的神明用木刻单色墨印在粗糙的粉纸和黄纸上，然后在“年”到来之前，被内丘人贴在了院落和房屋的各个地方：所有人家大门门楼两侧的墙壁上分别贴着一尊喜神，喜神在民间原本没有具体形象，是一个虚拟的神，内丘人把她具体为一个高鼻大眼、梳着发髻、怀抱琵琶、笑容可掬的女性。他们在喜神的旁边，还安装着一个木盒，即使这个木盒十分简陋，他们也在里面插着几炷香，香烟袅袅，寄托着院落里的人对来年的希冀。走进院子，我们看见在正房外院，他们用泥土垒着一处砖龛，龛内贴着土地神，梯子上贴着梯神，鸡舍旁贴着鸡神，猪舍旁贴着猪神；走进屋内，我们看见正房堂屋贴着大版年画“家堂全神”和“八仙神”；环顾四壁，他们在灶台上方贴着灶神、粮缸上贴着仓神、厢房西墙上贴着财神，堂屋方桌下的墙上贴着地藏神……再仔细一看，他们在所有贴神像的地方，一律都放着插香火用的小杯、小盒、小盅，在这些小器皿里堆满着燃尽的香灰，这证明他们在年节里对这些神明全部进行过香火祭拜。

走进内丘，就走进了一种象征、一种符号、一种寄托，也走进了一个神人共处、天人合一的祥和春节。

5

内丘的诸神信仰表达着中国民间信仰的大气象。无论怎样，我们的先辈和我们自己都不曾也无法躲开它的影响，象征着吉祥、威力和正义的神明，寄托着世人对于幸福的渴望，它携带着规范和秩序，也赐予着慰藉和恩福。风靡世界的《大趋势》作者约翰·奈斯比特说，在世界经济相互依存性越来越强时，在日常生活中文化和语言的自主之风即将到来。……瑞典人将变得更加瑞典化，中国人更加中国化，而法国人更加法国化。我们将以什么样的文化与传统跻身未来世界?

写到此，我倏忽就想到每年 12 月 25 日，中国城市里的年轻人疯狂地欢度西方的圣诞节，商家疯狂地推行着“圣诞促销”，灯火彻夜通明。不是说不该欢度，重要的是应该知道圣诞节是全世界的基督徒在为纪念耶稣降生而狂欢，由于《圣经》记载耶稣生于夜间，故称 12 月 24 日夜为“圣诞夜”或“平安夜”。我一直质疑那些疯狂欢度平安夜、圣诞节的人们，你们信基督吗？信天主吗？知耶稣吗？有慈悲、博爱、救世的心吗？如果什么都不是、都没有，你们盲目欢度什么呢?

一位一直在为弘扬传统文化奔走呼号的作家曾对内丘年画作过这样的诠释，他说：

> 内丘年画是非常独特的，是无法替代的，是其他年画所没有的。它所反映的是农耕社会早期人和自然的关系，它的神像基本都是自然神……中国人把自然界的一切东西都看作是有生命的，要跟有生命的东西对话。人类早期，自然有时对人有威胁，所以他们要和自然造成一种亲和关系，融合在一起，体现我们中国人天人合一的思想。这种思想的源泉来自于我们的母体文化。人们的这种想法反映了我们中华民族最本质的东西，也反映了人们自身美好的精神实质。它把织布机和道路都看成是有生命的东西，神不过是一种概念，是可以对话的，可以请求帮助的，要和它亲和的，不是要与自然对抗的。

从人类文化学角度来看，内丘年画有很高的文化价值。

千年的岁月走过，内丘人就这样在自己的母体文化中度过一年一度最隆重的节日，在一年一度最欢乐的日子里，他们与所有恩抚他们的自然神灵一起“过年”。这样一种民俗大景难道不是养育我们民族千年的精神？人在民俗中孕育、诞生，之后便是在温暖持久的民俗文化的熏陶中长大成人。

我们到底该怎样“过年”？怎样欢度我们自己的这个春天的节日？

再去郧西

1

2010年5月，我曾受邀与陈建功、王剑冰等7位作家到郧西，那时，郧西正全力以赴在打造“天河·七夕文化”。正在建设的“七夕广场”“天河广场”城区，还是脚手架林立、机械轰鸣的工地。“七夕文化”的核心支撑“天河”在城区周边也还是一条河道狭窄的沙河，流过沙滩的河水清浅又孤单。我们越过田畴、沙滩去看矗立在天河的“王母金钗石”（8米高的天然巨石）时，还不时担心一脚踩空会掉进田畴而崴脚。

然而，在文化局局长钟建华的激情解说和PPT演示中，我们看到了郧西的未来。郧西人对未来的宏远规划，郧西人建设文化旅游强县的目光和激情，郧西人对“七夕文化”美好的憧憬深深地感动了我们。

此后几年，我没再去郧西，但我知道，郧西一直在努力。

2

2013年8月，有一个消息让我无比振奋：受郧西之约，又有一批作家到了郧西，这其中有我的文学挚友韩小蕙，有我熟悉的诗人舒婷。小蕙、舒婷到了我的故乡鄂西北，这消息对我而言十分震撼。很快我接到小蕙的短信：“梅洁，你的故乡很美！这次你若能回来，我们一起品味你的故乡，该多好！”非常遗憾，我没能回去，我希望我的朋友们能从郧西带走快乐、带走美好。

两天后，又一个消息让我感动不已：郧西把作家王剑冰的散文《天河》刻在了石碑上，石碑就屹立在天河广场上。世间无数美好的事物都曾让我心醉，但在收到这个信息的那一刻，我感到，没有什么比《天河》被刻在石碑上更能让我醉得如此深长、如此沉迷……

2010 年 5 月，剑冰受邀到了郧西。我能预料他去郧西定会有美文产生，没有料到的是郧西如此郑重地厚待了一篇文学作品。

2013 年 9 月，我应邀去长江大学讲课。课毕，我决定回趟老家。中秋节就要到了，我原本是要赶回北京和孩子们一起过节的，但我放弃了。我要回趟老家，我心心念念想去郧西看天河散文碑。我把这心愿发给了郧西作协主席魏荣冰。我说——

> 荣冰：我就是想去看看那刻在石头上的文字，我深知那文字的价值，我也很感恩故乡郧西赋予这文字的高度信赖和深重感情。一个作家的文字刻在故乡的广场上，我感到欣慰感到光荣。你们对我的一个作家朋友的尊重，让我看到了你们对文化的尊重。这样的文化目光、这样的文化大手笔让我感动。
>
> 也许，只为这感动我也想去看看那矗立在天河岸边的文字。打扰了，荣冰！

荣冰的回复让我看到了他的一颗诗人的心——

梅大姐您好！在一个泛物质化时代，能够打动和温暖我们内心的，除开亲情、爱情、友情外，也许只剩下文化了。一位作家千里迢迢地去一个遥远的小城镇，只为了看看另一位作家石刻的文字。这绝对是苍凉岑寂文化语境中的一个小小文化事件，那些沉睡在冰凉大理石中的优美文字一定会被唤醒，宛如蝴蝶翩翩起舞，从而获得更为久远的生命力。期待您的到来！

3

早上八点有车来接我去郧西，十堰到郧西有一个小时车程。

来接我的李兴洪先生轻车熟路，在通往郧西的高速公路上，他边开车边向我介绍路边的风景。

瞧，右手边往前看，是郧县柳陂！崭新的移民新村，太阳下反射着银光的蔬菜大棚，高高抬起的蜿蜒公路，别致壮观的七孔大桥。明年蓄水后，这里将是一片醉人美景。

过了隧道就是郧西。

白墙黛瓦的民居，坐落在青山绿荫之中。点点黑白，片片墨绿。青山分外妖娆，民居犹显古朴。

右前方流过的就是天河……

再往前看，一片灿烂的城池——郧西到了！

那我们先去看石碑？温文尔雅的荣冰微笑着说。他的微笑总是那样温厚、谦逊。

当然先去看石碑呀！我粲然一笑。快乐在心中升腾。

当我们在天河广场站定，当那一面乳白、浑厚的天造巨石矗立在我的面前，当那满满一石的朱红色镌刻撞进我的双眼，我只感到一种从未有过的圣洁与壮美震撼着我的心，我在心底惊叫一声：天啊！这世间的大美！

荣冰告诉我，这尊巨石的石质是一种美丽的冰花玉。它长 8 米有余，高近 3 米，厚 0.6 米，这样大的玉质石头并不多见。

荣冰还告诉我，1500 字的《天河》散文，由著名书法家李刚田将其撰写成似楷书的书法体，再由郧西石刻工人用 8 天时间，精心镌刻在这面石头上。

我走近这座石碑，有一种心灵的膜拜在通体流动；我摩挲着这座石碑，有一种生命的体温在石头里升涌。

我静静地谛听，听见了石头深处的声音："叫作天河的水穿越了郧西全境，一路流出两岸的田园风光与山石奇景。"

我默默地诵读："历史道路的远长，致使人的名字走着走着就走失了，还有村庄的名字、城市的名字。河的名字却不会走失。我现在就站在一条河边，它的悠久与宏阔让我有一种朝拜心理。"

剑冰散文的轻灵、诗质之美配得上这块美丽的冰花玉。

我让荣冰在石碑前为我留影，拍了一张又一张。

离开郧西时，我给荣冰，给郧西的朋友贵英、丽媛发去短信："屹立在天河广场上那块硕大洁白的石头和刻在石头上的文字，已成为一种圣洁的光亮，慰藉着天下易感的心。山重水复，今夜不是七夕胜似七夕。感谢郧西留给我的感动，感谢郧西留给世间的永恒。"

4

三年前我去过郧西，三年后我再去郧西已几乎认不出郧西！

当荣冰陪我走过郧西的广场、街道、河畔、桥梁时，我一再地惊叹：是怎样的梦想、怎样的力量、怎样的速度让郧西变成了今天的模样？是多少人力、物力、财力、智慧使郧西“一夜步入天堂”？

天河水在郧西城里城外清澈流淌，河畔的酒店楼房已拔地而起。七夕广场，天河广场，13 米高的汉白玉织女塑像，汉锦坊美丽的乞巧织物，婚博园规模空前的建筑……

宽敞洁净的七夕大道、牵牛大道、发展大道，张灯结彩的天河路、银河路……

打造婚爱文化圣地的郧西，美景让人目不暇接。

天河、小河、五里河、五龙河四河穿城而过的郧西，如今变成了桥梁林立的水城。郧西人在县城 4 条河流上建桥梁 36 座！谁听了不大吃一惊！

在此之前，我刚刚结束欧洲之行。我曾因四面围海的威尼斯水城由 400 多座桥梁联起而惊叹不已，我也为巴黎塞纳河上前后历经 400 年建造的 35 座大桥成为今天世界艺术的经典而感慨万千。当我走在秦岭深处的郧西，看到那一座座造型各异的大桥、小桥时，我倏忽感到郧西也已深领桥之文化、桥之灵魂、桥之精粹。

那拔地而起、70 米高的金梭桥，那横跨天河的金簪桥，那高擎天宇的鹊桥，那神箭欲飞的爱之桥，那天之霓裳的彩虹桥……还有屹立河上的元春桥、望春桥、迎春桥、探春桥、畅春桥、怡春桥、渡春桥、咏春桥、沁春桥、惜春桥、恋春桥、留春桥，实乃千姿百态，一桥一景，一步一天。

浪漫郧西，整个一个“桥之恋”。

美丽郧西，在创造人间美轮美奂的奇景。

谁说岁月沧桑浮沉之后，那清澈的河水不再倒映天上美丽的星星？

谁说历史走过千年之后，人们不会再去追寻河水之上桥的来历？

现在的创建，既是今天的福受，也是明天的文物；既是现代人生活的拥有，也是留给子子孙孙的遗产与财富。

入夜，郧西城一片灯火。迤逦的河水与灯光相映，恰如上海外滩之景。

在牛郎织女故事园，上百件雕塑讲述着一个千年的爱情传说。而一束长达 99 米、别开生面的灯火造物“时光隧道”，似乎正燃烧着一束天宇之火飞向月宫。银河路上，数百盏造型各异的巨型彩灯，在夜幕下已灿烂为灯光之海……

远处，幽深静谧的山峦，山峦上闪烁的星星、神秘的弦月……

不夜的郧西，仍在悄悄讲述一个永远的浪漫与忠贞的故事。

我和朋友攀越高悬夜空的鹊桥，回到入住的天河国际酒店。默默凭依 12 层窗栏，遥望眼前一河秋水一城灯火的郧西，我在想——

这四面青山围拢的天河盆地啊，是什么带给了你今天一城的梦想、一城的福祉？

亿万年流淌的天河呀，你这天地之造物！是你创造了郧西还是郧西创造了你？

樱 桃 沟

1

在我的故乡鄂西北郧阳，汉水两岸，满山遍野都是樱桃树。每年三月，梅花才谢，樱花即开。在绿色葱茏的秦巴山谷，在农家房前屋后，盛开的樱花如烟如雾，如云卷云舒。樱花时节，整个山谷都一大团一大团地雪白，恰似一部雪的童话，更似一首花的长诗。这时候，整个城市都被牵动了，正是“万人踏青樱花谷，嫣然一俏春已稠”。据说，在“中国最美乡村”郧阳樱桃沟，这两年，每当樱花盛开、樱桃成熟的季节，竟有十几万城里人来观花、采摘。

匆忙的城里人是如此向往美丽乡村啊！

其实，对于我这个少小离乡的人而言，最美丽、最温暖的记忆除却如烟如云如雾的樱花和满山遍野如琥珀如玛瑙的樱桃外，更有在樱花盛开、樱桃成熟的季节，从家乡传来的声声呼唤：“梅老师，家乡的樱花盛开了，你能回来赏花吗？”“梅姐，家乡的樱桃熟了，我们请你回来吃樱桃啊！”“姑姑，我们想和你一起去采摘樱桃呀”……

家乡如春的呼唤，年年在北方乍暖还寒的季节，带给我如樱花怒放般的好心情；年年在北方垂柳抽丝的日子，带给我如樱桃般玲珑剔透的好梦境；年年四月五月，家乡如春的呼唤总是温暖着游子心底久远的记忆。

2015 年 4 月 23 日，樱桃成熟的季节，应家乡友人几度的深切呼唤，游子返乡了……

郧阳樱桃沟沉浸在四月的灿烂与葱郁中，我们漫步在农家的庭院、田野，我们钻进茂密的樱桃树林，满山遍野的樱桃正在次第成熟，我们在路边一抬手，便有坠满果实的枝条垂下来；我们站在农家阳台上一仰头，金黄透亮的樱桃就能掉进口中。当珍珠般玲珑剔透的樱桃装满一筐一篮时，我们真不知该怎样品味这四月的陶醉和四月的欢乐呢！

家乡的樱桃好吃不好保存，这几乎已是定论。晶亮透明的樱桃，皮薄汁浓，入嘴即化，甘甜中带一丝微酸，吃一颗便馋得口流清水。比皮紫肉厚的北方樱桃、美国樱桃不知要好吃多少倍！然而它却不能久存，“隔夜即坏”是普遍的说法。更有甚者说上午买，下午即坏。因樱桃不易保存，就无法远距离运输，朋友告诉我说，她把郧阳樱桃带到武汉，6 个小时后即变黑。这让我怅惘不已，这么美味的东西只能本地产本地销，实在太可惜了。

2

其实，在这个“中国最美乡村”里，更令我陶醉的是掩隐在樱桃树下的农舍。这里的农舍不是高高耸立的别墅、洋楼，也不是司空见惯的水泥“火柴盒”，当然，更不是早年遍布秦巴山谷的那些破破烂烂的干打垒土屋。这里的每一座农舍都是一件独特的艺术品，你无法给每一幢房屋定位风格，你只能感觉它们散发出的艺术气息：荆楚之韵？徽派元素？汉唐大方？间或西方尖顶、罗马廊柱……

当我们站在山谷高处，俯瞰山谷下掩映在茂密樱桃林里的一栋栋一幢幢或白墙黑瓦，或石墙黑瓦，或泥墙黑瓦的崭新建筑时，我感觉那农舍已不是房屋，而是掩映在大自然万顷绿色里的一幅幅立体的屋之画！那屋之画让原本宁静的山谷更加宁静，那画的美丽别致使大自然万顷绿色有了更加温暖的人文气息。

整整一个山谷的建筑，没有固定风格，没有统一模式，没有千篇一律。用樱桃沟人的话说：没有特色就是我们的特色，没有模式就是我们的模式。当我们走进美得如画的农舍才明白，樱桃沟人在遵循一个理念：坚持城乡聚落体系协调发展，建设“看得见山、望得见水、记得住乡愁”的樱桃沟；建设不劈山、不砍树、不填塘、不改河道、不破坏环境的生态樱桃沟；建造具有农耕文明特色的房屋，不建像酒店、像客栈、像办公室、像城市的樱桃沟；建一条天人合一、安居乐业、“外修生态、内修人文”的樱桃沟。从而激活樱桃沟原本的生命力，呵护住乡愁，最终让年轻人回来，让鸟回来，让民俗回来。

我在心底惊诧和震撼：这样的文明理念和文化是怎样走进了故乡的小山村樱桃沟？

散落在樱桃沟路边、沟坎、坡上、林中的民居都有各自的名称，这名称非常别致地按这座农舍最初建造的年代命名，比如五〇居改造前是 20 世纪 50 年代的一处牛棚羊圈，六〇居改造前是 20 世纪 60 年代的房屋，七〇黄酒坊改造前是 20 世纪 70 年代的房屋。还有八〇居、九〇居等。

矗立在一处高坡上的五〇居如一座朴素的文化圣殿迎候在我们面前。

那高耸的黄泥抹就的山墙，山墙前用作支撑的石砌柱；那粗糙的片麻岩垒就的台阶，台阶后面不刷油漆、已在风雨沧桑中泛白裂缝的木门和门墩；那房墙上挂着的农家遮雨的蓑衣、斗笠；那屋内悬挂的旧马灯、镰刀、打谷场用的连枷；那房梁上高高裸露的三角形木排架；那沉重的、斑驳的、不知岁月的黑衣柜；那厚厚的大红色牡丹花被、牡丹花枕头、老式的梳妆台；那用上千块黑瓦片制作的瓦片屏风……

当这座“老屋”撞进我眼帘的同时，也撞疼了我的心——我突然就想起了我的童年，想起了20世纪50年代末父母政治落难时在深山居住过的干打垒土墙的牛屋、牛屋房梁上裸露的如五〇居一样的三角形木排架，排架上悬挂着用藕叶包裹着的几包衣服、稻谷……

眼前的景物让我心酸也让我温暖，于是，我在用作屏风的一块黑瓦片上留言（屏风的黑瓦片允许所有来此的人留言，这也是五〇居设计的留言簿）：“走进五〇居，便走进了我的童年。”

当我知道五〇居两年前还是一座破败不堪、房墙几乎坍塌、粪尿臭气熏天的牛棚、羊圈时，当我同时知道是我故乡的政府和樱桃沟人接受了一种真正的农家文化、将牛棚羊圈改造成今天具有五星级宾馆标准的农舍时，我又一次在心底惊叹：是谁带来了这样的文明理念？

无论怎样，五〇居让我留住了乡愁，让我走进它就想起了童年，想起了久别的老屋，想起了在艰难中挣扎生活的父母。这也许就是樱桃沟农耕文明设计者和创建者的初衷和心意吧。

同样，在七〇黄酒坊、在八〇居我们看到了无处不在的农民的智慧和农民的艺术：在他们漂亮的楼廊里，挂起了一排排腌制的腊肉、一束束金黄的玉米穗、一串串火红的辣椒；他们用青郁郁的竹筒搭起房屋隔墙，在竹筒的空格处再放置锯短的木柴。竹筒，木柴，农家原本随处堆放、只能用作烧饭用的物料，如今都成了惹眼的艺术元素。

樱桃沟人还把用破的竹篓做了厅堂的大灯罩，把用坏的"牛笼嘴"做了卧室的小灯罩；他们在屋内墙壁处制作了工艺品木阁，木阁里放满了各种奇石、陶艺；他们用1800个废铁钉在一块木板上一个挨一个地敲钉，最终完成了一件举世无双的艺术品：一把抽象的钥匙和一颗樱桃。这把钥匙和樱桃的形象组成了五〇居的标志，以樱桃的抽象图案释义道家文化，道生一，一生二，二生三，三生万物。

这是真正意义的农耕文化的复兴！

我看到了五〇居设计者的话。他说：

> 民居是一个地区传统文化同地域环境特色相结合的产物，承载着一个地区的历史信息，具有不可替代的历史价值；而不同的地域文化也孕育出风格迥异的民居特色。中国现代建筑风格的探索应体现"以文化为底蕴，以生态为表现，以可持续发展为契机"的思想。

我在心底深深感慨：当一种理念走进乡村，当这种文明最终唤醒了我们丢失已久的农耕文化，开启了农民沉睡已久的艺术审美与智慧，我们该怎样感激这种理念？

樱桃沟与其说是因樱花、樱桃闻名，不如说是这一座座瑰美如画的民居吸引着外部世界。在这样的农家或樱桃树下吃一餐干干净净的饭菜，喝一碗香喷喷的豌豆稀粥，饮一碗农家自酿的清花花的黄酒，看一眼农民自己的家装艺术，这是城里人怎样奢侈的享受啊！

樱桃沟的每一座房子都是无声的语言，它们在默默讲述着故乡的故事；而整个樱桃沟美得如秦巴山里的新媳妇，正幸福也羞涩地触摸着一个时代温热的肌肤……

3

故乡的朋友陈茹、邹龙权、王成告诉我，是北京“绿十字”的孙君来到了樱桃沟，于是，一种崭新的新农村建设理念便走进了郧阳，走进了樱桃沟。他们甚至毫不隐讳地说，是孙君缔造了今天的樱桃沟。

当我最终知道，孙君就是那位十年前我在襄阳谷城县五山镇结识的孙君，就是北京“绿十字”民间环保组织的创始人孙君，就是响亮地提出“把农村建设得更像农村”的孙君，就是把一个职业画家的艺术梦想顽强实践在中国农村大地上的孙君……

当我知道这个善缘时，我惊呆了，也惊喜了！

2005 年 3 月至 6 月，我沿着汉江采访了 100 天，准备撰写《大江北去》。当我走进襄阳，走进谷城，便知道了一位年轻的艺术家孙君在谷城五山镇打造他梦想中的第一个新农村样板。那时，这位中央美院的研究生、北京“地球村”的原村主任已经决定把自己的一生贡献给中国环境保护事业，一生为农村、为农民服务。

我到达时，看到了干干净净的五山，看到了不把污水流进汉江的五山，看到了不砍树、不劈山、不填塘、不占田的五山，看到了能把垃圾进行干湿分类、按“可回收”“不可回收”分类的五山。那时我对孙君说，这事太难了，这事在城市也做不到啊！孙君说，新农村建设是个漫长的过程，我们不能步城市发展的后尘。眼下，我们的经济发展了，可丢掉了很多精神上的东西。农村发展要汲取城市发展的教训，除了钱，我们还有很多重要的东西。

之后，孙君带我来到建在茶山高处的“茶坛”，这是按孙君的创意，茶农们自己建成的祭祀祖先和庆祝茶叶丰收的地方。在石头、泥土的茶坛下面，埋着每家每户的一包茶叶和一句写在纸上的心愿，茶叶和心愿全部被密封在一个偌大的玻璃瓶内。从此，茶坛就成为茶农们心中永远的圣坛。正如时任谷城县委书记的周霁说的那样，茶坛里埋下的不是几钱几两茶叶，而是茶农们世代的绿色希望，是一个绿色文明。他们关心这个希望，向往这个文明，他们内心就会产生一种神圣的祈求……

站在高高的茶坛放眼望去，蓝天白云下，茶山的绿色绵延无限，千亩万亩的茶园，在五山上下围成凝固的滚滚波涛。

为什么要这样做？我问孙君。

孙君告诉我说，中国农村从土地承包以后，集体、互助、关爱的理想淡漠了，缺少了。农民本原的一些东西，善良的一些东西，互爱的一些东西失去了许多。城市也一样，经济发展了，许多温暖的东西却丢失了。我做生态项目，一个是想办法改变人们的观念，一个是很看重精神层面的东西。茶坛是一个文化符号，是一个精神、理想集合的地方……

望着眼前清瘦也清贫的孙君，我感慨万千。

此后10年，我没再见到孙君。我们之间，没有联系也没有信息。但我曾把对他的生命和理想的敬重写成了文字《来自五山的希望模式》，文章发在了上海《解放日报》文学副刊上。我做梦都不曾想到，这位把“保护农民、保护村落、保护历史和生态”的建设新农村理念视为生命指向的孙君，竟在某年某月来到了我的故乡郧阳，来到了樱桃沟。他把一种新文明、新理念带进了这片山野，于是，这片山野发生了历史性的变化。

4 月 23 日午后，在美丽的樱桃沟村，我们见到了孙君。他听说我们一行来到了樱桃沟，便从正做项目的西安匆匆赶来与我们见面。久别重逢的欢乐在我们心中激荡徘徊。你十年如一日地在大地上为农民“作画”，实践着你的理想，多么难得！我说。

你不也是几十年如一日地在写汉水、写你的故乡，也同样不易！孙君说。

让鸟儿回来，让年轻人回来，让民俗回来。你把这样的建设新农村理念带到了我的故乡，这是我故乡的福祉，谢谢你！我说。

我把你的故乡视为我的故乡。郧阳政府的领导支持我，接受我的理念，我在这里有根有缘有乡愁，这是我的福祉，我要谢谢你的故乡。孙君说。

眼下，樱桃沟给人留下的印象是一种诗意的栖居，但年轻人真的能回来吗？我问。

最终能回来。我不希望看到每个农家都有工商企业老板，农民有自己的安居理想。我们不能再把农村建设得村不村、城不城，那不是他们要的生活。眼下，我们不能把“三农问题”扩大化，新农村建设不是一个模式一个板块，也不能描绘得太美好。西方人用了几百年时间才完成了农业现代化，我们才十几年。我们国家 13 亿人口，人地关系如此紧张，资源如此匮乏，我们不可能一窝蜂三五年就全部城镇化。保护住原有村落，保护住民间文化，保护住农民的朴实无华和勤劳美德，就是未来新农村建设的最大希望，就能呵护住乡愁，就能使所有的人回家……

望着比十年前沧桑了许多的孙君，感受着他内心的宁静、智性和高远，敬意再次油然而生。

回京城后我给孙君发短信：感谢上苍让我们成为走不散的朋友。

孙君快递给我他著述的中英文双语版精美图书《农道》，并言：凡一切建设我中华民族伟大文明的人最终都会殊途同归，都会成为永远走不散的朋友。

我的故乡郧阳，郧阳美丽的樱桃沟，如此联结着世间真意，此乃樱桃沟之大情大义也！

般若寺里听妙音

1

2015 年 4 月 1 日，仿佛不能再忘却这个日子了！

细想人这一生，日复日、月复月、年复年，芸芸岁月，能有几个日子让我们永怀呢？然而，无论怎样，2015 年 4 月 1 日，真的是萦怀难忘了！

这一天，细雨纷飞，世间万物在阳春细雨的滋润中，一洗尘埃。我和故乡的友人善清、肖鸿、洪领相约，一起前往一个圣洁的去处 —— 故乡十堰白浪开发区的般若寺。

少小离家，几十年来去匆匆，早知故乡是道教圣地，佛寺甚少。而大半生身处佛教兴盛的北方，对博大精深的佛教文化景仰已久，故当友人善清告知家乡有寺并邀约前往拜访时，心里便陡升一缕光明，一泓温馨。

上山的路是那种类似“村村通”的山间水泥小路，陡峭且崎岖。好在肖鸿女士的车技谙熟，小车在雨雾朦胧中前进，稳健而自如。

洪领先生告知，这山上原本只有一条蜿蜒的小路，车是上不去的。现在的路是妙音法师来这里复建寺院后修建的。又说，般若寺原本只是一个荒废的关帝庙的遗址。妙音法师从江苏来到十堰，发愿要在这片遗址上建筑寺院。仅仅几年时间，已是琼台楼阁一片圣景了！

听着洪领的介绍，望窗外细雨蒙蒙、绿树葱茏，我思忖一个布道者的人间大德……

车子即达山顶，便见飞檐重阁，庄严辉煌的大雄宝殿矗立眼前。旋身四望，远山层峦逶迤；山下，田垄、厂房、村庄，一片生机勃勃的景象。倏忽便觉这“方寸”峻岭，博大无限、光明无限、福佑无限……

2

妙音法师一脸微笑从“客堂”出来迎接我们时，我在心底惊叹了一声：“这么年轻的僧人！他还没有我孩子大吧？”敬重和怜悯一起在心中涌动。

在“客堂”坐下，面对妙音法师，我们怀着种种迷蒙和尘惑，迫不及待向他发出祈请，诚愿他为我们开解“无明”。

我上来就问：法师，你认为宇宙间真的有一个光明正大、无烦恼、了生死的净土世界吗？

妙音答：你应该相信有这样一个世界存在。你相信就有追寻，就有信心、目标，最终就能抵达这个幸福的终极。现在科学对宇宙的探寻，还极其有限，人类智慧不可抵达的领域还很多。不知不等于没有。

又问：法师，佛学的“万事皆空”与文学的“用情用心”是悖论吗？

妙音答：不是悖论。佛陀教诲我们的“空”，是让我们修一颗清净心，断烦恼，不执着，去分别。进而修善心、积善德、做善行，自利利他，自度度他。好的文学作品也是在把世间真、善、美传播光大，来感动世界，这也是一种度化。

再问：法师，佛法有世间法和出世间法，净土宗世间法中讲“人有六道轮回”。如果相信一个有善好、高尚人格的人，死后不在“三恶道”（地狱、鬼魅、畜生）中轮回，而在“三善道”（人间、天堂、阿修罗道）中活着，他的亲人还须在清明节、中元节（农历七月十五）、寒衣节（农历十月一日）为他们烧纸祭祀吗？

妙音答：还应该祭祀。《论语》里讲“慎终追远”，“终”即人死，“远”指祖先。原意指慎重地办理父母的丧事，虔诚地祭祀远去的祖先。也指谨慎从事，追念前贤。无论亲人离世后在哪里，我们都应缅怀他们。这是一种善德、孝德，我们做了是修我们的德行和心。

还问：法师，十堰地区道教文化影响深远，相比，佛教影响轻淡。自朱棣大修武当以来，可以说道教是一统天下。你来此布道传法，有困难吗？

妙音答：你说的是事实。我是江苏人，但我知道湖北这块地方对佛教有着其他地域无可比拟的贡献。湖北的黄梅县素有“小天竺”的美誉。“佛教大事问黄梅”便体现了其在中国佛教史上的重要地位。历史上，黄梅是一个佛文化十分兴盛的地方。在方圆不大的地界内，禅宗四祖道信、五祖弘忍、六祖慧能三位大师都结缘于此。历史上的“蕲黄禅宗甲天下”的盛景，以及当代的国际观点“禅宗初创于道信，形成于弘忍，发展于慧能”，都说明了湖北黄梅是佛教最重要的胜地。我是学禅的，我选择了湖北十堰，是我和十堰的缘分。

2004 年我来十堰时，看到有很多虔诚的信众，因为没有参禅礼佛的场所，一些简单的佛事活动，都要长途跋涉到外地。这里山顶上尽管只是一间破屋，为古代关帝庙遗址，但逢初一、十五，还是有很多信众来烧纸放炮，给森林消防带来极大隐患。如果没有出家人的带领，他们怎能完成正法修行的愿望呢?

现在，虽困难很多，但人们已经知道十堰有般若寺了，这便像一颗种子在人们心里种下。善缘的种子一旦种下，在一定的机缘下就会生根、发芽、成长……

我们还问了什么？啊，尘埃蒙心蒙智太久了。什么叫“开悟”？什么叫“明心见性”？什么叫“即心即佛”？什么叫“人间佛法”？什么叫“生活禅”？什么叫“空即是色，色即是空”？……

我们和妙音法师对面而坐，无论怎样发问，他都回答得平易睿智、入理入心。他始终面带微笑，偶尔也开怀畅笑。那满目的淳朴善良、那一脸的大方正气使我们相信，像他这样让人心生欢喜的相好、性好，来到这个世上注定是要与佛结缘的。

四月的细雨在秦巴山野轻轻地落下，般若寺“客堂”里一位年轻的禅师——大德开示解惑的妙音，恰如屋外净洁的春雨在我们的心田静静地落下，落下……

3

问禅心切让我们忘记了时间，不觉已到正午，妙音法师让我们去斋堂用餐。偌大的斋堂，除了我们四人，就只有妙音法师和一位老年女居士在用餐。

没有一点黏性的糙米饭，一小盆莴笋，一小盆莜麦菜，一盆青柿子汤，没油没味，再简单不过的饭食。

我很后悔上山时没带几袋好米好面、几桶麻油和新鲜蔬菜。肖鸿女士和我一样后悔，连说："下次来一定带！一定带！"

斋堂吃饭是要止语的，我一边悄静吃饭一边就想，在北京周边诸多寺院里有一种景观：斋堂开饭时，吃斋饭的人排队长达数百米，在寺院里转了一圈又一圈。人们觉着能吃上一顿斋饭就是吉祥，就是福气。我倏忽就想到妙音法师在这里的艰难，白手起家的孤独，我有些难过。转而又想，不用多少年，来般若寺用斋的人、做功德的人，定会从山下排队到山上！从庙前排到庙后！从大寨山排到小寨山……

斋毕，妙音法师带我们觐拜建在大寨山巅的大雄宝殿、伽蓝殿。之后又来到紧邻的小寨山，只见高达 9.6 米的财神菩萨已金碧辉煌地屹立山顶，在脚手架林立的施工现场妙音法师告诉我们，就在今年，一座凌空而起的财神阁和庄严辉煌的藏经楼就将落成。还是在今年，同样凌空而起的山门和山脚下 5000 平方米的般若书院也将竣工。

妙音法师说："现在，十堰在全力打造鄂、豫、陕、渝经济文化中心城市和全国生态城市，我愿通过般若寺的建设，将大寨山、小寨山打造成为这座城市最具生态美和人文美的景点之一。我将用不懈的努力，以苏南园林建筑的格局，把水引到山上来，小桥、流水、亭台、楼阁，把整个大寨山建设成集佛教文化和中国传统文化为一体的、十堰最具魅力的文化景区和旅游胜地……"

跟随妙音法师山前山后、庙前庙后的游走谈心，听着他吴依软语味的普通话，我升起阵阵敬仰和无限感动：这里，原本一片废墟、一片空空荡荡，某一天，一个南京栖霞佛学院毕业的学生，一个来自苏北的年轻人，发现了这片废墟上的千年佛光，他便立下宏愿，要在这里传承佛陀智慧，要让正法久住这片高山大川。仅仅七年，便有了这近万平方米的辉煌建筑，便有了比建筑更为宝贵的辉煌精神。是什么支撑着这位仅有三十四岁的年轻生命？是什么让他从一无所有走到了今天、还将继续创造出明天？

除却信仰的力量我们还该做怎样的诠释！

4 月 1 日晚 9 时我照例在做佛学晚课，夜空中突然响起三声春雷，雨下得更大了。我想，此刻山上的风该很大了，天该很冷了，妙音他们的被褥够厚吗？如果不够厚，我该立即从商场买几床棉被送上山去……

4

4 月 2 日午后，我与妙音法师又有了一次见面——我们相约来到武当国画禅茶院易刚先生处喝茶。我感觉此刻的妙音既是我尊敬的法师，也是我眷念牵挂的亲人和朋友。

禅意中的茶和茶中的禅意都让我更多更近地了解了妙音，走近了妙音。

说起十七岁执意要出家的过往，妙音流下了眼泪。

他说：“那年腊月十三，我背起一卷简单的行李走出家门，我没敢与妈妈告别，我知道她躲在里间屋里哭。是父亲送我到寺院的，安顿好后，父亲说，你干什么不好非要出家不可？说完，父亲已泪流满面。从小到大，我从没有看到过父亲流眼泪，这是第一次看到他哭……”说到这里，妙音开始哽咽，泪水也夺眶而出。

妙音义无反顾地走了，他是父母唯一的孩子。

我们可以想象，苏北的乡下，腊月的日子里，外出念书的孩子、打工的青壮年都纷纷走在回乡的路上，家里的父母、亲人在等待一年一度最温暖的团聚。而十七岁的妙音，却向另一个方向走去。他选择了这条道路，选择了这样的人生！也许这是他的与生俱来，也许这是佛陀冥冥中的旨意。

如今 17 年过去了，他仅有两次春节回乡和父母团聚。

作为父母唯一的孩子，他不是不思念父母恩情，出家人孝敬父母更是天经地义。但每到腊月，尤其是除夕、初一、十五，是寺院最忙的日子，人们从四面八方赶来，在这里燃香、祈福，求愿、感恩。这是他万不可懈怠的事情。一年又一年，妙音为这样的人们奔忙着、服务着。

说到这里，我禁不住问妙音：“你的父母来过寺院吗？”

妙音说：“来过。2014 年夏天父亲来寺院看我，住了一个星期。年底，母亲也来看我，在寺里做了一个月义工，我也希望他们在这里种下福田，储蓄信仰的资粮。父母见我在十堰做了一些事情，宽慰了许多，也放心了许多。”

妙音父母来看望妙音时，般若寺已建得有模有样了：大雄宝殿、伽蓝殿、天王殿、三圣殿、客堂、斋堂……

2005 年正月十三，妙音第一次上山时，他只能在一间石棉瓦屋里栖身，夜间老鼠在床底打架，吱吱的吵叫声裹着冬日呼呼的寒风，使妙音不能安眠，他只能裹着棉衣夜夜诵经。青灯黄卷，风吹鼠伴，他就这样独自一人在寒凉与孤独中，为世人筹划着一处栖息心灵的温暖之地。直到一年后的又一个正月，大寨山顶搬上来第一块砖瓦、第一根檩椽、第一袋沙泥……

接着，妙音又牵挂地说：“父母就我一个孩子，慢慢他们就老了。我想过些年把他们接过来在寺院做义工，我也能尽点孝心……”说到这里，妙音的眼泪又一次流了下来。

此刻我就在想：当下社会，如妙音这般年龄，有多少人在庸庸碌碌、无所作为？有多少人还当着“啃老族”？又有多少人能为了信仰、理想而舍弃尘世的功名利禄、荣华富贵？

妙音法师，一个外乡人，怀着神圣的信仰，不远千里来到十堰，在高高的山巅，一年又一年忍受酷暑寒凉，过着“糙米、青菜、柿子汤”的清贫，且日日承受着资金不济、建设紧迫的艰难、困苦和尴尬，矢志不渝为大众修建一个栖息心灵的去处，实乃“山巅屹般若，世间释妙音。慈悲传佛法，大愿结众生”。

亲爱的朋友，到般若寺种福田、听妙音吧！去一次，你就会种一个慧根，听一次，你就会获一份清净。正如洪领先生在《般若寺赋》中所说——

> 寺居幽境，僧结佛缘。晨钟暮鼓可惊迷梦，青灯黄卷或悟禅机。人到此，心放下。游目骋怀，沐浴清化，苦去乐至矣！

第四辑

泪水之花

你的离去是对我最致命的打击，我至今无法安慰你也无法安慰我自己。我知道我走不出悲痛便没有快乐可言，但没有什么可以化解我内心深处的苦痛。真正的悲痛是化不作力量的，『化悲痛为力量』的教义对我没有意义。

亲爱的，在忆念你的时间里，悲苦的泪水将打湿所有的时间……

在这块土地上

雪地

见过北方的大雪吗？妈妈。没有，您没有见过。我知道，您一辈子没出过远门，没离开过门前那株芭蕉树，而家乡偶飞的雪花又是一边下一边化了的。

妈妈，车子翻过一座山梁，我们便进入了太行山脉——一个白雪的天地。白色的山、白色的树、白色的雪野一直伸向无边的遥远。我不禁打了个冷战，心也似乎紧缩了——好一个冰冷的世界！

此刻，一直在我们前面行驶的那辆客车，竟像一只冻僵了的红色大甲虫，怎么也爬不快了。我们的车速也减到了最慢。恰是这极慢的车速使我有幸观赏北方闯入我眼帘的第一景象——白雪的世界！

妈妈，家乡是绿色的——绿色的山、绿色的水，连牧歌也是绿色的，连记忆也是绿色的。正是这绿色的梦才使我惊愕于这白色的世界、惊愕于这漫山遍野白色的圣洁！

真真是奇观呀，妈妈！满山的树木全裹上了厚厚的雪装，看不出树的颜色了。真的，若不是阿之告诉我那是树，我简直不敢相信那就是树了！每一棵树冠往日的婆娑纤柔全被今日的浑厚和丰满代替了，实在是看不出一点儿悠游的逸致了。就连高大而挺拔的树干也因雪水的蒸腾和凝固而被严严实实地裹成了白色！大概是由于风的缘故吧，每一条负载着积雪的树枝都微微向南倾斜着。远看，恰似一方肃穆、悲壮的女性仪仗队在默默地祈祷着什么，倾诉着什么。整个大山、雪野都在低吟着一支庄严的歌。哦，是什么不冻的灵魂、在枝儿上蹦过来跳过去的，使枝干上蓬蓬松松的白雪一缕一缕地落了下来，飘飘摇摇、柔柔绵绵，像一团团白色的花、一条条缥缈的绢……哦，鸟儿，小小的鸟儿，严冬里顽强的精灵！我竟可以从这里追思一个美丽的童话世界了，妈妈……

“冷吗？”不是阿之这一声温存的问，我是断然忘我、忘情了的。阿之拉起我冻木了的双手，为我暖着、搓着……妈妈，我们乘坐的是一辆敞篷大卡车，车上人很多，怪不好意思的。

突然，在汽车的前方，白雪的路上，嗒嗒地驶过一辆载重的马车！由远及近，由小及大，渐渐地清晰了起来。那马，高昂着头颅，那毛像燃烧的火焰。在空旷的雪野，它大概第一次看见我们这缓缓爬行的大虫，于是，便前蹄腾空，咴咴地嘶叫。那声，高亢激越；那势，腾云驾雾……

在这一片白色的世界，突然看见这燃烧的光明，我紧缩的心似乎也燃烧了；在这广漠而冰冷的大地里，突然看见这高昂的灵魂，我似乎也高昂了，妈妈。

然而，我却惊诧于赶车人那一身肥厚而臃肿的白装了——浑身上下的白，连眉毛、胡茬儿也全是白……一种不吉祥的念头和恻隐的同情一起油然而生——妈妈，您知道，在家乡，一身的白装是和严重的悲哀、不幸连在一起的。

“这么冷的天，这么大的年龄，够可怜的。”我对阿之说。阿之却笑了好一阵儿，他才说：“你注意他的眼睛……”我注意了，那眼睛是两道燃烧的光，咄咄逼人……

“你听一听他的吆喝……”我听见了，“驾——驾——”洪亮而高亢，震撼着我脆弱的心……

“你再看他的脚步……”我看见了，坚实而有力，重重地敲击着坚冰的胸膛……

“赶车人是壮年。那白眉、白胡茬儿是哈气凝成的霜……”阿之说。

“啊？！噢……”我又一次地惊愕，却终于释然了。

啊，北方，冰冷的土地；啊，北方，坚强的民族！

“他穿的是什么？”我问。

“羊皮袄。”阿之笑着。

“怎么没毛？”

“毛朝里。”

“毛朝里？”我更加疑惑。为什么要毛朝里呢？毛朝外多暖和，多好看！妈妈，我这无知的天真您不会笑话吧——在绿色的家乡长大的我，似乎从有思维的那天起，我就以为皮袄应是毛朝外穿的！尽管您和爸爸、外婆们都没有穿过皮袄，也没有见过皮袄。我也不知道这概念是从哪里来的？

“皮板朝外、毛朝里暖和，北方人都这样穿。”阿之看出了我的心思，解释道。

“那裤子呢？鞋呢？怎么都是白的？”我又问。

“那是皮裤，羊皮做的，但里外全无毛，皮板软软的……鞋是羊毛毡做的……”阿之说。

“能暖和吗？”

“暖和。羊皮板不透风，比单穿棉裤暖和。这里的冬天风很硬，温度零下二三十度……北方的农民大都有一身这样的皮装，干活、出门是离不了的……”

阿之——北方土地上我第一个贴心的人，我第一个“关于北方的土地和人民”的启蒙者！

妈妈，以后，在这风雪的高原，沿路我又看见了许多这样穿着的人，赶着这样的马车，在白雪的天地里昂首地前行着。汽车每过一个土黄色的小村，总有一些穿得这样圆圆滚滚、白白乎乎的老人、孩子挎着粪筐站在村头，望着我们的车子，望着车子里的人，笑着。笑得很憨厚、笑得很善良。我也同样从车窗里望着他们，笑着。笑得也很憨厚，笑得也很善良……

“等安了家，也给你做件这样的皮袄。”阿之说。

“我不要，笨死了……”我想，我是断然穿不好那样的衣服的。

“吊个面儿，会好看的。”

“什么叫吊个面儿？”无论阿之怎样解释，我也想象不出吊个面的皮袄是什么样子的。但我相信，那一定好看，一定暖和。

妈妈，北方就这样第一次闯进了我的心灵——雪白的土地、雪白的树木、穿着雪白皮衣在雪地里前行的高昂的灵魂……

乡　情

妈妈，阿之邀我上他们家过中秋节。我真是又高兴又心慌——我还没去过他家，一个未过门的媳妇。

中秋节前夕，阿之和我坐车来到他们村——一个土墙环绕、没有树木的、很大的村子。北方有许多这样的村庄——土黄色的路、土黄色的房、土黄色的围墙，围墙多已破败坍塌，所有的人家都住在围墙里面，不像老家农人总是一家一户住在一片竹林旁，一面山坡上，或安居在几棵大树下。

村庄是土色的，光秃的。然而，家是洁白的、亮堂的、喜气洋洋的！墙粉刷得雪白雪白，雕刻精细的窗棂足有半墙高，直通房檐。窗上玻璃明光透亮的，糊着雪白雪白的窗纸，窗纸上贴着美极了的窗花……妈妈，您没见过窗花，那才是真格的美呢！看到这样高大明亮的窗户，我便想起那属于家乡人的撑着三条短木棍的窗洞洞，在那个黑乎乎的窗洞洞里面，大白天，我还和妈妈碰鼻子呢！

紧挨窗台有一个很宽敞的睡觉的土台子，这里人叫炕。妈妈，我还是在小说里读到过“炕”呢，今日果真见到了。这睡觉的地方真大，有 3 米长、2 米宽呢，一个炕能睡好几个人。妈妈，这里人睡觉不像家乡人——脚对脚睡，而是头朝一个方向，一顺溜儿地并排睡。炕是土坯或砖砌成的，上面铺着苇席，崭新崭新的，虽没有家乡的竹凉席精致美观，但也很大方很光溜儿，炕头摞着整整齐齐的被褥……

阿之家人就是在这土炕上接待了我。他们执意让我上炕，我实在不懂，为什么非要我上睡觉的地方不可。妈妈，在家乡，卧室是绝对不接待客人的！我着急地用目光四处搜寻，看哪里有凳子，但整个屋里，没有一条凳子，我只得挎在炕沿边。可婆婆不管三七二十一，硬是把我的两条腿搁到炕上了，我就那样把两腿伸得直直，棍似的，上身和下身成九十度地坐着，受罪死了！可婆婆一家人却高兴了！他们都一一上了炕，就那么把两条腿交叉一盘，轻轻松松、舒舒服服地围坐在炕上，问起我的家事了……

婆婆竟能将小小的尖足压到腚下，一坐半天不动！我真有些担心她那两条干瘦的腿、三寸长的足能经起这样的委屈和重压吗。但婆婆说，她可以这样整整坐一天，她说她是这样坐了一辈子的，还说这里的男人女人、大人小孩都是这样坐的……还是阿之懂我、知我，他从别人家借来一条小板凳，放到炕上，于是我在炕上坐着小板凳了。妈妈，您看多有意思！

阿之的二娘、三婶们来了。她们送来了一簸箕的毛豆角、煮玉米，还抱来了黑油油亮光光的大西瓜、金黄金黄的小秋果，满满地摆了一炕呢！妈妈，他们吃什么都是摆在这睡觉的炕上，连一天三顿饭也是在炕上吃——一个长方形的小木盘，漆得红亮红亮的，里面放着碗、筷、小碟、小盘、砂锅什么的，一家人围着小木盘，坐在炕上，吃得顶热乎、顶惬意呢！不像家乡人吃饭，端起饭碗可以满街跑、串家子地吃……

“吃，吃噢，尝个新鲜……”二娘说。

“没吃过吧？老远的……没你们的那里好。”三婶说。

婆婆呢，一个劲儿地给我斟茶水。其实，我一点儿也不渴。

可她们非让我喝，而且刚喝一口就又马上给斟满，没完没了地斟……后来，我才知道，这是阿之家乡人的礼节。妈妈，就像我们那里，去了客人非让人家吃一碗米酒荷包蛋一样的。茶，浓浓的，带着阿之家乡人浓浓的乡情。

村里的姑娘、媳妇来了许多。她们说着、笑着、挤着、指着，贴着耳根咬悄悄话。孩子们挤不进来，偷偷捅破了窗纸……我知道，他们是来看我的，说我是新媳妇，很远很远地方来的新媳妇。妈妈，我长这么大，第一次让这么多人看，心里真不受用，长得怪丑的……他们说些什么，我听不懂，只是坐在炕上那条小板凳上，低着头傻笑……

阿之在村里辈数很大。只听二娘、三婶不住地吆喝：

“二虎，过来，见过你嫂嫂……”

“小牛儿，来，见过你婶婶……”

“二丑，过来，见过你二奶奶……”

“肉儿，来，见过二太奶奶……”

天呀，我的辈数就这样在升高着。叫的人有的是小孩，有的是高高大大的青年，有的还是四五十岁的壮年呢！真真地难为情死了！但他们都恭敬地、羞涩而扭捏地或者含糊不清地“嫂嫂”“婶婶”“二奶奶”“二太奶奶”地叫着。我一声儿也没回答，只是一个劲儿地傻笑……

天黑了，客人们散去了。公公抱进一大抱玉米秆，往炕下边一个洞口里一劲儿地塞。然后，他把玉米秆点着，炕底的火就“突突”地着了。火苗不时地窜出来舔着炕沿。我惊呆了！“腾”地一下跳到炕下，惊惶地问阿之：“这是干什么？”

“烧烧炕，睡觉暖和……”阿之说。

“那……被子，不会烧着被子？”我瞪大双眼，直直地望着眼前的一切。

“不会的。”阿之泰然地笑着。

妈妈，炕底呼呼地着火，炕上的被子烧不着，您若不亲眼看见，凭我怎么说，您也想象不出这是怎么回事儿！

烧完玉米秆，公公又夹来几块煤放到炕里，说这样一夜就不会冷了。阿之说，这里的煤烧着后，用灰埋好，几天也不会熄的。婆婆说，这里的媳妇回娘家，走时，埋几块煤，再搓点煤面子倒进炕里，十天半月回家来，炕还是温和的……

妈妈，多神奇的宝贝呀！倘若家乡能有这样了不起的“黑石头”，爸爸就不用到深山里一捆又一捆地砍柴了。

夜深了，月儿高高的。亮亮的月光从白灵灵的窗格里射了进来。我躺在暖暖和和的土炕上，怎么也睡不着了。忽而想起家乡那个属于我的小竹床，那个撑着三条短木棍的窗洞洞，窗洞洞外面粉红粉红的木槿花，黑紫黑紫的酸咪咪……我哭了。是的，家乡太远了，我想妈妈。忽而又想起二娘、三婶抱来的毛豆角、煮玉米、大西瓜，想着那一阵阵“嫂嫂”“婶婶”“二奶奶”“二太奶奶”的嘻叫；想着那浓浓的茶、神奇的煤、热热的炕、炕洞里的火苗苗……我又笑了。

这就是我未来的家、未来的生活吗？

妈妈，今晚我一定会有一个很甜的梦……

孩儿的梦

妈妈，勃勃和毛毛长大了。他们和我童年时一样，爱给我们讲自己的梦。他们的梦好听极了……他们还总爱问一些没边没沿的事。比如：星星为什么挂在天上掉不下来？为什么天天有白天和黑夜？北极人为什么冻不死？为什么不把地球凿个洞，那样离美国不是更近了吗？还有，鸟儿为什么会飞？狗儿为什么能闻出上千种味道？

最近，他们的发问愈发多了起来：什么叫“四个现代化”呀？“四个现代化”时他们多大了？大学毕业了没有？

妈妈，瞧，他们问得多么神奇，多么遥远！妈妈，您不是说神奇的幻想就是缤纷的梦吗？

今天，毛毛一觉醒来，就又给我讲起了他的梦。他说他和铁臂阿童木一起找到了胡子先生的小狗贝洛，又和阿童木一起去北冰洋打垮了小红肠兵团……他还说，等他长大了坐飞船上月亮时，就不会再被大公妃的暴力兵团给打垮……他绷着小嘴，瞪着小眼睛，小拳头来回捶打，嘴里还不住地“咚——嘎——”地叫着，逗得我“咯咯”地笑个不停。妈妈，毛毛是个很有思想很有勇气的孩子。

勃勃听见弟弟讲梦，也从他的房间里跑过来，抢着讲他的梦。他说他梦见了许多许多的小野菊。红的、白的、黄的、蓝的，好看极了。他和同学们采了一把把小菊花，送给了他们的老师。但老师不让他们采，说小野菊会疼哭的……

勃勃的梦叫我好动情，心里一热，爱怜地在他的额上亲了一口。妈妈，勃勃是个善良而富有感情的孩子。

您猜阿之说什么？他说："毛毛的梦是科学家的幻想，勃勃的梦是文学家的情思……"孩儿们疑惑，我却若有所悟。

"为什么？爸爸！"勃勃问。

"毛毛的梦冷静、勇敢，有科学家的气魄，你的梦多愁善感，有文学家的情感……"阿之拍拍勃勃的头，笑着说。

阿之向来不爱讲话，不轻易流露感情。可他在孩子面前，血总是热的、情总是动的。不管他讲的有无道理，勃勃、毛毛都十分满意而又略带羞涩地笑了。

昨夜的梦是怎么回事儿呢？哦，我想起来了……

昨天，是"六一"儿童节，孩子们举行了很隆重的庆祝大会。勃勃是腰鼓队的，毛毛是体操队的。为去开庆祝会，勃勃和毛毛开心得一夜未睡好。我呢，半夜还起来看天气，真怕下雨，孩子们开不成会了。星星还在眨眼，我已给勃勃和毛毛一人煮好了三个鸡蛋……阿之总责我"孩子气太重"。我想，今生怕是改不了的。童心使我认真，童心使我愿和孩子们厮混，愿和他们一起说梦……

妈妈，"六一"那天，当勃勃和毛毛们的队伍走过大街时，我和元元的妈妈、旭旭的奶奶都哭了。军军的爸爸笑我们，说："唉，做母亲的、做母亲的……"其实，他也哽咽呢！

妈妈，您见过那样的场面，那是在我们的童年——飘扬的红旗、彩色的衣衫、咚咚的鼓声、美丽的花环、红领巾、队歌、阳光一样的笑脸……是呀，孩子们美好的童年唤醒了爸爸妈妈们心中多少消匿了的梦呀！

庆祝会整整开了三个小时，太阳晒得很。孩子们汗流满面。勃勃和毛毛们的老师为孩子们背着水壶、撑着阳伞，有的把外衣脱下来给孩子们顶在头上，有的把草帽让给孩子戴……唉，这些给孩子们彩色的梦的人们啊！

渴得很呀！明明买了根冰棍，让毛毛咬了一口；勃勃把自己水壶里的水让给同学们喝了……孩儿的心灵，实在是最纯净的了！

散会后，勃勃和毛毛一人带回一个彩色软塑铅笔盒和一个红色笔记本。那是他们得的奖品。勃勃、毛毛全评上了“优秀少先队员”。

勃勃铅笔盒上的图案是一地淡雅的小野菊，开得正醉；毛毛铅笔盒上的图案是“铁臂阿童木”，神着呢！哥儿俩比了半天美……

于是，老师、同学、小野菊、飞船、贝洛、阿童木就这样在美丽的夜晚，悄悄化作了他们的梦。

妈妈，勃勃还在讲他的梦，毛毛也还在讲他的梦……

孩儿的梦，好听极了……

孩儿的梦给我纯真，给我诚挚；孩儿的梦使我向上，使我振奋……

妈妈，请您祝愿不敢弄死一只小毛毛虫的勃勃长大了成为文学家，祝愿能把小玩具车全部拆散再拼起来的毛毛长大了成为科学家吧。这块土地养育着他们，阳光赋予了他们彩色的梦，于是，他们的梦便插上了飞翔的翅膀……

为孩儿的梦祝福吧，妈妈！

一双绣花袜底

现在的年轻人相爱后互相赠送的礼物自然是很现代很时髦的了。例如一束鲜花、一部文学名著、一个“生日快乐”的音乐卡、一块丝巾、一条领带，直至一枚戒指、一条项链……

20 世纪 60 年代末，我和我男人相爱时，则是倾心倾意为他纳了一双“卐”字绣花袜底。这双袜底我们一直珍藏至今。说不清这双绣花袜底蕴藏着怎样一种古远神秘的情感，几十年中，只要我的眼睛一触及这双袜底，一种特悠远、特古典、特女人、特乡村、特幸福、特忧伤的感觉就会倏忽浸融我整个的心，我会突然木木地坐在那里，回忆良久。

穿弹力袜子的时代，人已经见不到袜底和上袜底的棉线袜了。而 20 世纪 60 年代的我们那时还没有见过尼龙袜，我们穿的都是棉线袜。为了耐穿，棉线袜要上袜底。一双新袜买来，要从袜脚底部正中剪开，然后翻上来用细密的钩针缝在袜背两侧，再在脚趾部和脚后跟部敷两块椭圆形新白布，然后再用钩针和跳针很艺术地缝好白布。若想再好些，可在后跟白布上绣上紫红或浅蓝色星星样的散花，这便是做好了“袜帮”。

“袜帮”做好后就该做袜底了。袜底可直接用白线纳，但要做得精致就数纳“卐”字绣花袜底或“梅花”绣花袜底了。将袜帮、袜底翻着用双线密密麻麻缭在一起后再翻过来，一双崭新的袜子就算做好了，这样的袜子是要穿一段时间的。

纳绣花袜底是汉江边水一样柔情的女孩子极拿手、极喜好的营生。尤其是乡村女孩，下地做活休息时，多是坐在地边的树底下绣袜底，她们把女孩子纯洁的心愿、爱与向往倾心倾意地、悄悄地绣在一个个“卐”字和一朵朵“梅花”上了。

20 世纪 60 年代末，我为我爱的那位男生绣袜底时，我还在北京上大学。“文革”已闹腾了好几年，我们不上课，有的是时间。我比着他的一双布鞋底拓了纸样，又用几何的平行移动法缩小纸样成为袜底样。我在宿舍的水泥窗台上用几块碎布和糨糊褙了 8 开纸大小一块布壳子，壳子干后我比着纸样剪了“壳底”，又买来 1 尺新白布比着“壳底”剪成 4 片，再在“壳底”两面粘平，然后缝好，就做成一双没纳的袜底了。

“文革”期间，大学里绣领袖像成风，男生女生都会绣，都备有各色绣线。我用这些绣线开始为我爱的男生绣袜底了。首先，我用黑线密密麻麻纳好第一遍，这第一遍的纳法很讲究，能否绣出“卐”字或“梅花”来，全凭这第一遍布下的针脚。第二步是按第一遍布下的针脚开始填绣，先用深紫色线把袜底填绣成一斜行一斜行的菱形，再用杏红色线在每一个菱形方块中填绣“卐”字，直到把袜底全部绣满。最后再在袜底的脚腰部位（那里留着空白，不绣“卐”字）绣一朵花——粉红色的花瓣，黄绿色的花叶，金黄色的花蕊，深红色的花骨朵儿……

当我怀着心跳、羞涩和幸福感把这双绣花袜底拿给那位从来没见过花袜底的北方男生看时，他惊喜极了，端详许久后他说：

“不要做成袜子，留下这双袜底吧！”于是，这双袜底就一直留着，留到了现在，留在了我的心里、梦里。

寒假，上大学的儿子回家时告诉我，他和一位宁波女孩相爱了。我听后高兴得有些发晕——锅烧热了该倒油我却倒了醋，该切葱我却切了西红柿……儿子走时，我为那位还不相识的南方女孩挑选了好几串很时髦、很现代的饰物——骨质、木质、珍珠质的项链，让儿子以他的名义送给那位女大学生。为儿子收拾行装时，我不经意又看见了那双“卐”字绣花袜底，我的心一阵悸动，我好伤感地抚摸着那双袜底，几滴眼泪悄悄落下来。我想，爱我儿子的女孩再也不会为我的儿子绣一双花袜底了……

最 初 的 营 养

生命诞生之初需要母乳的营养，再大一些就需要各类食品的营养，我现在所要说的“营养”，既不是生命之初的母乳，也不是泛意的食品，甚至也不全是维持生命活着的某种物质，就我个人而言，它还有一种超越一般物质之外的“心灵温饱”。

我毕业的那年，来自北京、天津、河北的1300多名大专院校学生一起被分配到了张家口，赶羊一般。我们茫然四顾不长树也不长草的塞外，咩咩地等待着牧放，可牧场在哪里？很快，我们便被分派到恒山山脉、燕山山脉、阴山山脉深处“接受贫下中农再教育”。我来到了恒山山脉深处一个叫“海子”的山村。海子村位于海拔2300米的山顶，离县城有七十里山路，离海子村所属的“公社”（那时叫公社，不叫乡）有十里地，这十里地其中有一大半的路程至少是七十度的山崖陡坡，我每星期都需要到公社汇报接受再教育的情况，我就是在那七里路的山崖陡坡上爬上爬下时听到过狼叫，看到过六月下雪，“六月雪”我童年看电影《窦娥冤》时见到过，可在恒山深处我真的看到了——羽毛般的雪片飞舞着裹卷我的时候，我高兴得就像童话里飞翔的仙子一般惊叫着、快乐着。

我每下一次山，来回都要走大半天，路上是没有饭吃的，唯一的干粮就是海子村的房东大爷给我拿上的一块或两块莜面饼子。这饼子是贴着锅边炕熟的，所以一面焦脆，一面绵软。每当饥肠辘辘的我坐在山崖的石头上啃这种饼子时，莜面的清香是笼罩了整个世界的。

在海子村是轮流吃派饭，我在许多人家都看到，做莜面饼子是在连着土炕的大锅里放着半锅土豆——海子村的人把土豆叫“山药”——土豆上面沿着锅边贴着一圈莜面饼子，当他们把一大捆山柴在锅底烧完之后，土豆和莜面饼子就都熟了，刚炕熟的饼子更是散发着一种奇特的香味。这时，他们从腌着野芨菜的缸里抓一把野菜，盛几勺酸浆，在锅里烩一烩，放点盐就是菜汤了——他们教给我把筱面饼子泡到酸菜汤里会好吃得多，但酸菜汤总是有一股淡淡的臭味。起初，在南方吃稻米长大的我是根本不认识这种发着灰黑颜色的面粉的，更吃不下这种同样发着灰黑颜色的食物。是海子村 18 岁的小雪姑娘知道我爱吃辣椒后，专门到二十里地外的曹沟堡镇赶集给我买回一大串干辣椒，再在自家的锅里炕干，又在大石钵里捣碎。当满满一玻璃瓶红红的辣椒面儿送到我面前时，我看见小雪的眼睛已辣得睁不开了。小雪流着眼泪说，你在酸菜汤里放上辣椒面泡筱面饼会好吃一些。我照小雪说的做了，果然食欲大开。此后，无论我到谁家吃饭，都抱着小雪送我的那瓶辣椒面儿。

一个偶然的机会，我听小雪说，只有我到那家吃派饭时，那家人才炕莜面饼子，为的是给我吃，他们很多时候是只吃土豆的。生活在高寒山顶的海子人，粮食是很少的。筱面是他们招待客人和过年节时才享用的。海子村的人说我是从北京来的大学生，是了不起的人物，是不能怠慢的。我对小雪说，我是来接受再教育的。小雪说，不，我们想让你教我们……

后来的年代里，在干燥寒凉的塞外，我知道了莜面的许多“妙吃”——

把蒸熟的土豆切成丁儿，拌上干莜面粉、葱花儿、盐面，放笼上蒸熟后的食品叫“傀儡”，把“傀儡”再用油一炒，就上一瓣蒜、一份菜，吃起来奇香无比。

把莜面用开水一泼，和成面团，再用一特制的木器——“饸饹床子”把其压成面条状，蒸熟的饭食叫“莜面饸饹”，莜面饸饹蘸蘑菇羊肉汤，吃起来奇香无比。

还是把莜面用开水一泼，和成面团，然后再揪成做饺子般大小的玑子，在一块光滑的石条上一搓一推，再往起一揭，往食指上迅速一卷，一个猫耳朵般又薄又亮的莜面卷儿几秒钟内就完成了，当这些“猫耳朵”在笼屉里排列成美丽无比的蜂巢状时，你会被塞外女人们娴熟的艺术般的创造所惊呆。塞外人把这种美食叫“莜面窝子”，莜面窝子蘸羊肉蘑菇汤，如今已成为塞外张家口一大名吃。在北京、在石家庄街市，到处都可以看到“张家口莜面”的招牌，经营的就是这种美食。

前几年，张家口人发现莜面里含有多种有益健康的氨基酸，可以治糖尿病、高血脂，于是就发明了“莜面方便面”，这种食品居然畅销日本、东南亚。莜面方便面调上调料比如辣椒油、芥末油、香油凉拌着吃，奇香无比……

现在，富裕起来的人们变着法儿享用粗粮小吃，而莜面小吃绝对会让你大饱口福。

但无论莜面有多少种吃法，我依然怀念恒山深处海子村人又焦又香的莜面饼，怀念小雪送我的红红的辣椒面儿，那是大山深处的人给予一个从南方来的女学生的最初的营养，这营养将伴随她的感恩走过一生。

塞外的女人们

1

我一直认为燕山山脉和恒山山脉屏障般的堵截，断了塞外人许多奢望。山北边的塞外人目光世代没能穿越那屏障。我不知1904年就修过来的那节如婴儿脐带般干瘦的铁路，为什么迟迟带不进山那边的诱惑也带不走山这边的向往。男人、女人们依偎在冬天没雪春天没雨的季节里，不惊不乍、不浮不躁、不张不狂、不紧不慢地过自己的日子。

外部世界很远。

南方很远。

缸里有米、怀里有娃就行了。塞外的女人们想。

2

我24岁大学毕业时分到了塞外。想想吧，1970年，京、津、冀1300多名大学生分到了塞外，赶羊一般。此后，我们便在不长树、草也很瘦的山这边，开始咩咩地瞭望……

女人们走过来，教我们从两丈三丈深的井里用辘轳汲水，教我们轧粉条，腌酸菜，纳鞋底——她们用麻线为丈夫、孩子们纳鞋底。她们在新做好的千层底布鞋的鞋底边抹一圈儿大白粉浆，干后，煞是雪白。男人们穿上新布鞋、推上皮轱辘车去赶集或去吃喜酒，女人们总是站在土堡门口望男人，望很久。

女人们说，她们做的鞋，丈夫和儿子穿上不出脚汗。

至今，我一想起她们坐在土炕上用锥子扎眼、用很粗的针穿麻线，然后“哧溜哧溜”纳鞋底的样子，心里就特温暖、特幸福。

最喜气的莫过于看女人们剪窗花——塞外的女人祖祖辈辈都会剪窗花，她们个个心灵手巧，老老少少都会摆弄手中那把小小的刻刀和剪刀，一沓沓毫无生气的白纸或红纸，在她们手中几分钟后就被切割成一张张栩栩如生的花鸟走兽抑或是戏剧人物。最称心得意的莫过于到了腊月，小媳妇、大姑娘、老婆婆们盘着腿坐在火炕上，她们把一双脚严严实实地压在腚下，开始剪窗花准备过年。她们一边剪一边哼着温情而野性的“二人台”曲：“过罢那个小年过大年，我请连才哥哥来吃饭。”“你请哥，吃什么？”“小白菜，蘸莜面……”她们嘴里哼着歌，手里飞动着剪刀、刻刀。她们把内心的向往、倾慕、期待和祝福一心一意刻在一摞摞一沓沓象征着“五谷丰登”“六畜兴旺”“福寿吉祥”的窗花上，她们剪窗花，有的只为自己家用，有的专门拿到集市上去卖，腊月所有的集市上，半条街都是卖窗花、买窗花的人。

大年三十，女人们开始小心翼翼地把这些鲜艳的剪纸贴在男人们刚刚换新的窗纸上；或者，她们剪两只大红猫、一对胖娃娃，贴在后墙躺柜上方的土墙上。太阳从白灵灵的窗格纸上透进来，照耀着已经粉刷得雪白的墙壁和屋顶，于是便有一室的温馨和喜气了！

塞外的冬天漫长而深远，一年地里只长一季庄稼，于是女人们远没有南方女人能吃苦，她们不长于田野作业，男人们又绝对庇护她们，她们绝对不可能像南方女人那样肩挑背驮，她们把更多的心事用在操持家务上。她们把家务活儿做得极精细。

她们把杏仁捣碎，包在布里擦锅盖，天长日久，杏仁油把木质锅盖浸得红里透亮；她们的针线活儿很细，即使补丁，针脚也很精密；她们喜欢在堂屋后墙中央摆一个大红躺柜。她们在躺柜四周的地上，用大白粉浆刷一圈白，愈发衬得躺柜大红鲜亮，女人们暗自比赛着看谁把这一圈儿白刷得又亮又白；她们每天都要把用了一代又一代的紫黑色或大红色木橱和镂花衣柜擦拭得一尘不染，亮得能照出人影。没有别的装饰，她们找来一只又一只无色透明的玻璃酒瓶，酒瓶里分别灌满红、黄、蓝、绿各色液体，然后一溜儿地摆在了古旧干净的橱柜上。她们可以半晌半晌地端详着这花花绿绿的酒瓶和窗花出神，心中的满足和甜美全在此寄托。

美也简括爱也简括——村委会演戏、看电影，早已有心思对上眼的青年男女，黑夜里悄悄一拉手一生就一锤定音，“跟你就跟定了！”她们对男人说。她们很少见异思迁，她们大多从一而终，白头到老。她们豪爽、质朴、乐于助人，但她们吵起架来，却又不惜用最能伤害他人的字眼伤害同邻姐妹。骂人家“破鞋”是轻而易举的事情，她们企图以此表示自己的清白，岂不知在“你是破鞋”的相互对骂中，双方的情谊都已面目皆非。其实，她们聚在一起时的话题除了丈夫、儿女，几乎不离“某某女人跟某某男人睡了”之类。她们从不谈商业，不谈赚钱，不谈与女人、孩子无关的事情。

商品经济时代已到来了许久，但她们依然安分得出奇。她们永远不可能像四川妹、安徽妹那样，成群结队到南方打工到北京做保姆或只身去闯世界。她们骚动不安了至多到北京、张家口走走，做仨月俩月小保姆、打仨月俩月短工就说什么也不干了，她们仍旧回塞外自家的那块土地上，结婚、嫁人、生孩子，过“鸡贵了养鸡，猪贵了养猪”的清贫日子。她们打不下天下，闯不开路子，她们胆小。她们崇尚安分也贪图安逸。她们缺乏用奋斗改变命运的自觉和勇气……

在离她们不远的塞外那座城市，女孩子们个个出落得白净清丽。我曾在这座城市里居住很久。这座城市在塞外的荒原上珍珠般玲珑璀璨，女孩儿们在这座城市里珍珠般玲珑耀眼。高原的阳光和风沐浴着她们，她们美而俏丽。她们留着蘑菇式、窝边式、披肩式、云鬓式等各类发型；她们不失时机地随季节变换着与北京人同步的服饰，时尚而雅致；她们群体性地化着淡妆，即便是卖东西的售货员或公共汽车上的售票员，也都令人愉悦地化着淡妆或浓妆；她们群体性地说着标准的普通话，群体性地骑着漂亮的公主车……山那边城市（保定、石家庄、邢台、邯郸）里的人来了，没有一个不惊讶：“张家口的女孩儿气质真好！”

然而，珍珠般城市里的女人依然如她们母土上的乡间姐妹一样安分，她们中间出类拔萃者极少，没有很成功的大企业家，没有腰缠百万的个体户。她们缺乏老板意识和风险意识，也不想努力成为本行业的最优秀者。她们对自己的本职工作很敬业，但她们依然习惯于“比上不足、比下有余”的满足和安稳。即使她们每月只能领到 50% 或 60% 的工资也不愿离开这个城市。婚姻上她们大多固守“一龙治水”“从一而终”，因此，她们婚姻的稳定率比其他城市高得多。

3

燕山、恒山、阴山困卧着塞外的男人和女人，男人女人们在声光高阔的荒原上很耐心地一根一根叼着草叶、树枝，构筑着自己的日子。那节 1904 年就从北京修过来的铁路从这座城市边上逶迤而去。火车从这个城市边上开过时，总是留下几缕孤独的白烟，几声辽远的吼声过去之后，这座城市便又重新归于寂静……

古老的黄土文化和高原文化给予塞外人的兴许永远只是耐心，而不是激情；是韧性的跋涉，而不是热情的冒险。

九 颗 乳 牙

我始终没弄清，当儿子换牙时，我为什么保存了他掉下的九颗乳牙！我把这九颗乳牙包在一张柔韧的白麻纸里，放在一个漂亮的装满各种衣扣的盒子里。为了怕翻弄扣子时不小心把儿子的乳牙翻丢，我在纸包上赫然写着“二毛的牙，不准扔！！”我在“扔”字后面打了两个惊叹号，以示警告。于是这九颗乳牙一直保存了10年还将继续保存下去。

有一次，我在扣盒里找扣子，发现纸包散开，乳牙少了两颗，我一阵心惊肉跳，立即在扣盒里翻找，直到在杂七杂八、满满一盒扣子里找到了这两颗乳牙，我的心才从喉咙里掉到原来的位置。

10多年了，我总是时不时地打开这包白麻纸，欣喜若狂地端详着、拨弄着儿子的九颗乳牙，那凸凹不平、微微发乌发亮的乳白色嚼面，那附着铁锈色的、小小的尖利的牙根，那细细的黑色“虫眼”……每每瞪大眼睛仔细看着这些时，我就产生一种无法遏止的心灵悸动、震颤抑或是难以言说的甜蜜和幸福。我总是情不自禁地欢叫着丈夫和儿子：“快来看二毛的牙，快来看呀！”好像这牙是刚刚从儿子嘴里换下来似的，一如当初发现儿子换牙时的一惊一乍！

每当这个时候，已经长得肩宽背阔、高高大大的儿子便走过来，用男子汉强健的手臂搂着我的脖子，和我一起趴到床上，反复拨弄观赏这九颗乳牙——母子俩犹如观赏什么稀世珍宝或研究亿万年前的什么化石。然后儿子站起来，看看牙看看我，笑着离开。而丈夫呢？却总是站在原地不动，笑着嗔着地说我："看看，又疯了不是？"再不就说："你呀！一辈子长不大……"

真的，每当看见这九颗乳牙，我就想起那段很艰难、很辛苦的哺乳期；就怀恋起儿子小时候一倒进我的怀里，就小猪崽儿般一边吮奶一边用小手揉搓我的另一只奶；就一往情深地迷醉起儿子小时候身上那种令我永远忘不掉的奶味儿、尿味儿、乳汗味儿……

难道是为了这些怀恋才保存了这九颗乳牙吗？一细想也不是。只是有一种感觉：儿子是从我身上掉下去的肉，而这些乳牙又是从儿子身上掉下去的一样东西，这样东西，曾经有着我和儿子生命的信息，我看到这样东西，心里就特甜、特爱、特美、特女人、特母亲！

我这一生喜爱珍藏，珍藏石头，珍藏书籍，珍藏各类小小的工艺制品，但能让我产生心灵悸动和震颤、让我获得一种说不清道不尽的爱与生命惊喜的，是我珍藏的儿子的九颗乳牙！

儿子长大了，要走天涯，而我的身边会永远留着曾经是我生命中的一部分的那包东西。

我们都是蔚县人

五月，我和孩子来到了这个山城。

心里像洒满阳光一样，晴晴朗朗；心里又像坠着什么，沉甸甸的。从偏僻遥远的蔚县县城调到古老的塞外山城，生活充满了诱惑，也充满了陌生。

翌日，先调山城的女友来家。见了面，很感欣慰，心中突然像有了依托。于是，说不完的感想，发不完的感叹。

然而，女友带来了一个并不愉快的消息。

“孩子会说普通话吗？”

“会说。但只限于念课文，平时不说……”

“不行不行！一定要说普通话。”“这里的人最歧视蔚县人，一说是蔚县人，人们马上就会另眼看待……”

“这是因为什么？”

“哎呀，你真是个书呆子。这已是多少年的历史了！因为历史的落后、历史的贫穷、历史的愚昧，也就有了这历史的偏见。”女友慷慨义愤地说，“不信你随便去问问，这里的人当面背后谁不贬损蔚县人？人们一没事儿，就拿蔚县人当谈话的笑料……”女友列举了许多的例子。

“岂有此理！……正直、朴厚、精明、强干的人蔚县有的是。

至于自私、吝啬、愚昧的人蔚县有，其他县就没有？纯属一种偏见，无端的偏见！”

“好了好了，说你是书呆子你还不认。什么事都爱较真、爱动感情——不管怎么说，一定要让孩子说普通话。就说跟你一起从南方来的，你是南方人，孩子这么说，也不是撒谎……你要知道，偏见是根深蒂固的，包括这里的孩子，对蔚县人也很敏感……”

女友讲述了她们初来时的情况——

三月，塞外山城，寒风料峭。女友领着十二岁的儿子宏宏去山城某中学办理转学。办完手续，班主任对女友和宏宏说：“暂且不要说是从蔚县来的，等和同学们玩熟了以后再说……”

宏宏漠然，望望老师，又望望妈妈。

女友拉着宏宏走了，一路上，女友反复告诫宏宏：“不要再说蔚县话，不要再说是从蔚县来的……”

宏宏，小小的孩子，心中有万千个疑惑。

上学了，第一节课，英语。

“Where are you from？”英语老师问宏宏。

“听不懂……”宏宏站在课桌前，用浓浓的蔚县口音胆怯地回答。

“你从什么地方来的？”英语老师用汉语重复刚才的提问。

“蔚县！”宏宏回答得很干脆，很响亮。宏宏早已忘了班主任和妈妈的告诫。

“哈——哈！”“噢——啊！”

课堂哗然。哄笑声、尖利的噢噢声撞击着宏宏的心，宏宏倏地想起了班主任和妈妈的话，伤心地哭了。

“怎么就忘了呢？怎么就忘了呢？”宏宏后悔极了。

女友说完走了。我的眼前一片漆黑。望着我的两个孩子，我的心直往下沉。“一定不要说蔚县话，一定不要说是从蔚县来的……”女友的话震撼着我的耳鼓，嗡嗡的。

“就说蔚县话，就说蔚县人，看他们能把我怎样？”九岁的毛毛仰躺在床上，倔强地说。

“晓得不来这里了。妈，你和爸爸再调回蔚县去吧……”十二岁的勃勃低着头，哀哀地，眼圈发红，他在哭。

“来，和妈妈一起练。‘我和妈妈从南方来的’，念——”我开始训练。

“我和妈妈从南方来的……”他们念了，然而，谁也没说普通话。

“再来，‘这本小人书不是我的’，念——”

“这本小人书不是我的……”糟透了，满口蔚县口音。

“扑哧”一声，我们全笑了，笑得很伤心……

“你们到底会不会说普通话？”我有些生气。

“会！”他们异口同声。

“会说为什么不说？”

“在家里说不习惯，不好意思，说不出口……”勃勃低着头回答。

“那么，到学校说你们行吗？”

“我们会念课文……”他们抬起头，那两双黑豆似的眼睛里，充满了乞求。

我突然感到我的孩子是这样的可怜。我的眼睛模糊了，我的喉咙堵得慌……

“是这样，这里的孩子都说普通话，你们会很快习惯的……再说，学校要求说普通话，国家也要求。总之，是件好事……”我搂着他们，他们的脸贴在我的肩上、怀里。真的，我不知怎样说才好。

“妈，我们还回蔚县念书，那里没人欺负我们。”勃勃低头抠着小指甲，伤感地说。

“我们是在蔚县长大的，为什么不能说是蔚县人，为什么不能说蔚县话？”毛毛仰起脸，逼视着我，一种童心的反抗……

我突然感到我的孩子是那样的无瑕！怎样向他们解释呢？那漫长的历史，那愚昧的偏见，那逝去的贫穷的岁月……

那么，后来，后来我说了些什么呢？我说了“要听阿姨的话，听妈妈的话”；说了“一定要以最优异的学习成绩，用良好的道德品质去抵消不公平的区域偏见”；说了“等和同学们玩熟了，一切都会好起来的”等。我想到的，都说了。我的心似乎平静了，但又似乎不平静……

天气真好。

我送两个孩子到新学校去报名。接待我们的是一位稳健、干练而朴厚的中年男人，他是教导处主任。为了解我的孩子的学习情况，主任让勃勃、毛毛分别做他们学校期末考试的试卷，算入学考试吧。之后他是那样欣赏我的孩子的成绩，以至很久了，我总也忘不了他那双展示着勃勃和毛毛的试卷的手，他抖动着试卷对每一个进教导处的老师说：“看看，看看人家孩子的成绩，看看吧……你们看看吧！”看得出勃勃完成的六年级试卷和毛毛完成的二年级试卷均得了满分使他无比高兴。

我鼓了很大的勇气，对主任说了我的女友，说了宏宏的情况。我请求他为我的两个孩子保密——暂且不要说是从蔚县来的——为了孩子的学习，为了孩子的情绪不受干扰，为了不在孩子的心灵留下阴影……

他沉思了半晌，然后若有所思地说："你放心吧，事情并不完全是那样……我们共同努力，帮助孩子尽快掌握会话标准音。"

"今天说的什么话？"孩子放学一进家，我劈头问的第一句话就是这。多少天了，总是提着心，总是这样问。

"普通话！"孩子爽快地回答。真乖，我的儿子！亲亲他们的额，亲一亲……

同学们来家玩了，好几个一块儿来。我的孩子有了新朋友，真高兴。他们和同学们讲什么话？我站在门外听，悄悄地。啊哟，普通话！说得真好听——我可爱的儿子！满足、安慰，深深地……

"妈，我听见教导主任对我们老师说了，不让对同学们说我是从蔚县来的……"毛毛搂住我的脖子，说着悄悄话。

我笑了，多好的人，多好的主任！

又过了几天……

"妈，弟弟今天闯祸了，体育老师问他从哪儿来的，他说是宣化县。"勃勃蹙着眉，噘着小嘴，无限地惆怅，"不是商量好了的，别人问，就说跟妈一起从南方来的嘛，弟弟真是……"

我惊奇地打量着毛毛，他侧着身子靠在桌边，不望我，也不理我。看得出，他在难过，他怎样地无望……

"你怎么就知道有个宣化县？"我问。

“妈前几天不是到宣化县钢厂讲课了吗……老师一问，我心里就发慌。我想说是从南方来的，可我又想，我说话跟妈一点也不一样，说出来老师也要怀疑的……我一急，就说了个宣化县……”毛毛哭了。

还能说什么呢？我不想再责备他，不想再责备一颗受着委屈的幼小的心。

“妈，怎么办呢？我已和体育老师说了我是和妈一起从南方来的……”勃勃站在一旁，愁愁地望着我。

“别急……你们两个班的体育老师是一个人吗？”我问。

“不是，是两个老师。”勃勃说。

“好了，别怕。他们不会为这件小事去对证的。再说，就是知道了是从蔚县来的，也没什么了不起的……”

“知道了也没什么了不起的！”毛毛愤愤地说。

“就是，没什么了不起的！”勃勃也愤愤地说。

“真的，有什么了不起的呢？”我也愤愤地说。

七月，勃勃参加了全市小学六年级数学竞赛，获了一等奖；八月，毛毛又参加了全省小学数学邀请赛，获了二等奖，比一等奖只少了 0.5 分。奖状、奖品、证书……随后，勃勃又以多数选票当选为学习班长，紧接着，学校的黑板报上，用红粉笔描上了硕大的标语：“掀起向崇英勃同学学习的高潮。”不久，毛毛也当选为少先队中队长。

“妈，现在，老师和同学们差不多都知道我是蔚县人了！我写的作文《我的家乡》已在全班念了……”勃勃笑了，笑得很开心。

“我也是，妈……”毛毛笑了，笑得好可爱。

“没有什么吧？”我也笑了，心里充满了阳光。

“没有什么。同学们都愿意和我们交朋友，老师也喜欢我们。”勃勃说。

“我们普通话也说得很好了。不信说给妈听，‘我是和妈妈一起从南方来的’……”毛毛豁着牙，哈哈地笑。

“妈，以后我们在家里就说蔚县话，在学校说普通话。”勃勃扑到我怀里。

“好了，现在好了，一切都好了，我的孩子……”

我一把搂过他们，热烈地亲着他们的额，亲着我的骄傲、亲着我的希望和我的爱……

女人：爱就爱得傻一点

一看到这个题目，肯定有人反对，甚至马上就气不打一处来。不过，我还是想请你安静下来，慢慢听我把话说完。

你是一个中国女人，一个中国普通的女人，你肯定会把获得爱和建立家庭视为你生命中最核心的部分，家庭的稳定与和谐会成为你一生甚至最终的奋斗目标。如果是这样，那我就想对你说，女人：爱就爱得傻一点。

应该说，我是一个“家庭至上”主义者，我对幸福的最高理解就是家庭的完整和美满。许多人认为我这一生最大的成功是创作了许多好作品，但我自己非常明白，我这一生最大的成功是用巨大的努力创造了一个幸福、完整的家。这里所说的“巨大”，包括有漫长的艰辛、操劳、隐忍、受苦、贫困等，但我觉得最重要的一点是我有盼望、有爱，而且爱得有些傻。

大学快毕业时，我和我的同窗相爱了，那时我就下定决心：我要和这个男人厮守一生，赴汤蹈火在所不辞。尽管那时就有好心的同学劝我说，他大男子主义很重，你们毕业后怎么一起生活？但我心里明白，只要我爱他我就能够承受。

20 世纪 70 年代，我的两个儿子先后在塞北的土炕上出生，丈夫唯一接济我的是坐月子期间给我买了 10 斤鸡蛋，这也是我唯一的一点营养，那我也感激不尽。虽然后来听说和我一样的女大学生生孩子丈夫给买了40斤鸡蛋补身子，还有鸡鸭炖汤什么的，心里就有些伤感。但我一点儿也不生气，我只想着我们经济困难，两家的老人都需要我们帮助，他省着花钱是对的。

大学毕业到 20 世纪 80 年代中期我们夫妻才调到一个城市，此前漫长的十四年里我们都在两地工作，丈夫每月只能回家一两天。两个儿子的哺育、成长、学习都由我一人承担，家里柴米油盐酱醋水，我一脚不到都不行。我们居住的塞北老镇没有自来水，我必须每天到百米外的井房担两担水做饭、洗衣，每担水重七八十斤，我担了十四年。有一次在井房排队担水，从南方来看我的胞妹悄悄对我说：“姐，你出来担水，别老穿补丁衣服，你是大学生，让人家笑话。”我听后非常惊奇，接着一个嬉笑，我对妹妹说：“穿补丁衣服又不露肉，谁笑话呀！”因为毕业后的好几年里，我都是穿补丁衣服上班也从没想过有人笑话。我们的经济非常拮据，那时大学生毕业一月只挣 52 元工资，我们结婚时一无所有，只是在我们劳动锻炼的乡政府（那时叫人民公社革委会）花 3 角钱领了一张结婚证，然后把两人都盖了十几年的棉被抱到一起就算结婚了，没有仪式没有人祝福更没有家具，唯一的一样“家具”是我们从镇百货商店花几角钱买来的一只装缝纫机的大纸箱。至于穿补丁衣服被人笑话，我真的一点儿意识都没有。

儿子小时闹病是常事，如果其中一个病了，我就把另一个锁到家里，抱起生病的儿子风里雨里往医院跑，我搂紧裹着我的破棉袄的儿子，常常在医院急诊室里一等就是一个通宵，那时，我从来也没有想到要把儿子生病的事告诉丈夫，让丈夫帮我分担。记得一个傍晚，我匆匆背起发烧的小儿子上医院，深夜待我回来时，看见锁在家里的大儿子静悄悄地坐在小饭桌边，饭桌上摆放着一小碟腌菜、三双碗筷。原来，六岁的他已经在铁炉子上为一家人煮好了一锅小米稀饭，他很饿，但他一定要等妈妈和弟弟回来后一起吃。我心疼得说不出话，抱着他一边亲一边流泪。至今想起这一幕，我依然感动得泪水涔涔。

塞北老镇冬季漫长而寒冷，温度多在零下二三十摄氏度，四五个月没有青菜吃。于是，秋凉的时候，我就向邻居的大妈、姐妹们学会了腌菜。粗实的芹菜梗、肥厚的大青椒、鲜红的胡萝卜、嫩绿的雪里蕻、瓷实的圆白菜，我都能把它们切成很细的丝，然后把它们放进小镇人特制的釉缸里腌起来，几缸腌菜够我们一家人吃整整一个冬天。后来，婆婆从乡下来了，她认定我腌的菜比她腌的吃起来香。以至在物质丰富的今天，我一想起我在小镇上腌制的那些酸香酸香的腌菜就口流馋水。

寒冷的冬天，我认识了北方的煤并学会了在铁炉子里把它们生着，炉子生着后，冰窖般寒冷的小屋便逐渐地暖和起来。冬天有煤烧，就是最大的安心。一天，丈夫让一位司机把两吨煤拉了回来，当司机把小山一样的一堆煤从卡车上翻倒在街门外时，我才知道丈夫并没有跟车回来。我即刻向邻居借来两只藤筐和一只扁担，一担一担把煤块从街路上往院内担，从中午 12 点一直担到夜里 12 点。邻居的一个年轻媳妇看不下去，就帮我担，并埋怨我丈夫怎么买三四千斤煤不回来帮着运进家。我说他忙。我真心实意地认为他忙，我一点怨言也没有，相反，我为他给我和儿子买来了足够过冬的煤而快乐、而感激。

那些年，我和儿子最大的盼望就是等待他们的爸爸每月回来两天，只要他回来，我们家就像过年一样，平日里舍不得吃的饭菜都一股脑做给他吃。那时，物质供应非常匮乏，每人每月只有半斤肉票、二两糖票、三两食油、五斤白面，但只要他回来，我就顿顿给他做好吃的。他走了，我们就吃小米、玉米面、高粱米、土豆。在南方吃大米长大的我，从来没有觉着北方这些粗粮不适应。后来，我的母亲来了，她和我一样疼她的这位北方姑爷，总是把好吃的留给那个在外边的男人。如果这个月丈夫没回来，我们就买回一条鱼或别的什么，把鱼做好，鱼头鱼尾我们吃，把中间那段最好的装进一只罐头瓶，然后我就怀揣这只罐头瓶，在老镇的风里雨里等丈夫单位的拖拉机进城。塞外的风沙很大，一刮起来便日月昏黑，我常常因“守株待兔”般站在街心等丈夫单位的拖拉机而弄得蓬头垢面，但我一点儿也不在乎。如果等不到拖拉机，我会非常伤心；如果能够等到，我就高兴得要命，因为我能把那只罐头里的鱼捎给丈夫了。

记得母亲曾对我说，你对你的丈夫，真是一个心眼儿地傻爱。当时我并未体味母亲的话，几十年过去，回想那些艰难、受苦而又内心充满幸福的日子，才发觉我爱得是有些傻。这傻说到底是一份痴心，是一种忘我，是无怨无悔。

我因为用自己的奶水哺喂儿子又要忙着上班，所以常常头发很脏很乱就走了，胸前衣服上有一圈一圈的奶渍就走了，裤子上有儿子的屎印、尿味就走了，但这一切，我无怨无悔；我盼望丈夫回来，虽然我总想和他多说会儿话，但他是个不爱多说话的人；

我曾患三年神经衰弱睡不着觉，进而患上三度胃下垂疾病，人瘦得不足九十斤，两只手瘦得像鸡爪子。许多年后我问丈夫知道不知道我患神经衰弱、患胃下垂？丈夫说不知道。我听后只浅浅一笑，心里有些难过但我还是无怨无悔；丈夫没搂过儿子睡一夜觉、没洗过一次尿布，当我们最终调到一个城市、他真正回家来吃饭睡觉过日子时，我的大儿子已经十二岁、小儿子已经九岁半！我非常辛苦地养育了两个儿子并给予了他们最好的早期教育，他们有良好的品德、优异的学习成绩。当他们像两个大小伙子般地站在他们的父亲面前时，我真的无怨无悔。我们真正在一起过日子时，两个儿子在家打闹我特别怕丈夫不习惯，总是叮嘱孩子：“别闹，爸爸会生气的。”我做饭时丈夫帮我剥葱可我担心他烦这些琐事所以让他走开，以至于到今天他也不愿进厨房、不会做一顿像样的饭菜，但我无怨无悔……

了解我的文学朋友都说我是一个好女人，更是一个好作家。但无论怎样，我还是看重前者。

许多年之后，当我回首往事时，也曾有过伤心。记得有一次我问丈夫：“我怎么回忆不出年轻时你心疼我的一件事？”我强化了“一”字的语调，我知道那时我的心里才开始有了责怪、懂得了伤心。丈夫手拿遥控器、望着电视屏幕半晌没作声，但他最后说出的一句话又让我把刚刚懂得的“责怪”“伤心”消泯得无影无踪，他说：“年轻时不懂事……人总是慢慢长大，活到老学到老！”

其实，丈夫已经在生活中长大，当我的生命在岁月中逐渐老去，当我的健康状况越来越差时，一个对生活非常精细、对家非常有责任感、对我知冷知热知疼知爱的男人，一个完全可依可靠、并能与我分享欢乐也分担痛苦的男人，已经伴随在我的身边。有段歌词：世上情多，真爱难说，一时欢笑一时寂寞，有缘无缘小心错过，一世相伴最难得。如今，我获得了这难得的“一世相伴”，我没有错过，为此，我无限感恩生活。

仅此，许多朋友向我祝福：“梅洁，你是女作家中最幸福的人！”又说：“这是你的造化，是你修来的福分。”一位北京某大报的女记者、我的朋友在听了我的一些“傻爱”故事后，连连给我打电话，说：“梅姐呀，我听了你的故事现在就像变了一个人！过去，我总嫌他（指她的丈夫）懒，嫌他游手好闲，事业做不出成就也不好好帮我做家务，总跟他唠叨发火，总想教训他。现在我不再埋怨，不再挑剔，家务活儿我快快乐乐地做，他感兴趣的事我就支持他，他有烦心事我们就一起谈心、为他开解。我现在发觉，其实他也很可爱……我现在真正感到，爱是一种奉献，爱就该无怨无悔，你的‘爱就爱得傻一点’真是做快乐夫妻、恩爱夫妻的秘诀呢！”

听了朋友的话，我非常高兴，非常感动。我愿意对所有企盼和丈夫一世相伴的女人说，无论世事怎样变化，无论生活变得怎样时尚，一个完整、美满的家对于我们女人，对于我们的孩子，对于这个世上男人女人的幸福都至关重要。我们女人无论多么坚强、多么有成就，我们的内心本质是脆弱的。我们需要男人的爱，需要家的呵护。那么我们就爱得傻一点，在奉献爱中争取爱、在呵护他人中获得呵护。

“种瓜得瓜，种豆得豆”，这是大自然的基本规律，生活也一样。但需要提醒的是，你坚守的土地本质上（请注意“本质”两字！）是能够种植瓜豆的土地，如果是一片盐碱滩，那你就大可不必费神费力。

泪水之花

1

我一个人走在我们常常走过的那条路上，那条路依然留着你的脚步声，你的喘息声也依然在我耳边断断续续……

夜色笼罩了下来，我感到一阵阵寒冷。其实已经是冬天了，我不知道你有没有衣服穿。你走时，我给你带了许多的东西，你的被褥、床单、帽子、袜子、西服、领带、衬衣、夹克……你腿疼，我还给你带了三层保暖秋裤、太空棉棉裤。我问亲戚老阎，这些够吗？老阎说，不必带那么多，其实那只是象征。我说，不是象征，我都要捎给他。这都是他需要的呀。

是儿子把这些生活必需品一件件投到燃烧着的炉子里的，他们不让我投。我跪在那个庞大的、燃烧着的白色塔炉前，那白色塔炉是我和你最后的驿站吗？它能帮我把给你准备的冬衣捎到吗？

天，真的很凉了，我打了个寒噤，然后就不停地颤抖起来，我知道，这是心在抽搐。你是知道我的老毛病的，一紧张、一激动、一痛苦心就抽搐，身体随即就颤抖起来。亲爱的，你冷吗？如果你冷，我又不知道怎么帮你。在纪念堂给你烧五七、七七时的纸，我又给你捎（烧）了棉衣棉裤，你收得到吗？人们说，“寒衣节”到了，要捎棉衣的。那些纸上画的、彩纸剪的“棉衣”真的能管事吗？

你从医院太平间被推出来时，我号啕着扑了上去，亲戚们阻拦着，她们不让我把眼泪流到你的身上，她们说眼泪流到你的身上不好。可我不能再顾及什么好与不好，这是我们最后的见面了。我扑过去搂抱起你的头颅，我抚摸着你的脸。天哪！那是一个怎样被冰冻的躯体啊！那冰冷刹那间寒彻了我的心、我的骨，寒彻了我整个的生命！

你穿着我的作家朋友们帮着买的衣服，穿着孩子们给你买的羊绒大衣，这些能抵御那个寂灭世界的阴冷吗？

我知道你那边很冷，可我怎么帮你呢？你前年刚买的羽绒服、去年刚买的棉皮鞋，还没舍得穿你就走了；你姐姐的孩子们今夏刚送给你的羊绒衫、毛衣、毛裤，还没来得及穿你就走了；我刚刚买的宽大的双人棉被你还没盖就走了……

你走了，这路上现在就剩下我一个人，夜色笼罩了下来，悠长而深厚，如我的忧伤。我不知道今天是农历十几，只见月亮很圆，但一点儿也不明亮。朦胧月光，凄凉如水。

抬头仰望一个人的天空，月色苍茫心苍茫啊！我的爱人……

我们散步的那条路很短，往返一次也只有一千五百米。这个长度是你用步长量出来的，你在家用皮尺量了你的步长，然后出去量那条路。因为，你要计算你每天走多少路，你想一天天在那条路上往返，一天天增加你走路的长度。

于是，我们相随，早早晚晚走在那条路上，一百米、二百米、一千米、两千米！我们在那条路上走了一年。你说，再走两年我们就可以一起去埃及，或者去亚马孙河了……

手术后的化疗杀灭着你体内残存的癌细胞，也摧毁着你的健康，你的白细胞、红细胞数量都很低。你总在贫血，你一度走不了路。走50米你都嘴唇发白、发紫，上二楼的家你都要扶着墙喘息，你伟岸的身躯在一天天消瘦。你说，这种样子还能去埃及？去亚马孙河？

去埃及看金字塔或去巴西看亚马孙河是你一生最浪漫的憧憬，也是唯一的一次。你说再过三年你退休后就陪我去。你说你要好好锻炼，你相信自己能战胜绝症，你祈望苍天再给你三年时间，三年后你陪我看一次世界。我们一生一世都未能相随着出去，中国的那么多青山绿水，那么多夫妻相随看那青山绿水，我们却未能有一次。你太实在、太本分，你羞于浪漫。你的活动、会议我不能参加，我的活动、会议你不能参加。于是，我们相约，你退休后我们一定相随去一次非洲或去一次南美。这是你给我的唯一的一次浪漫的承诺。

于是，我们在那条路上走着。太阳相随月亮相随，季节相随憧憬相随，风相随雨相随啊！可你为什么突然就独自走了呢？

五月，我在丹江口参加“南水北调”采风团时，你打电话告诉我说，你一次能走六千多米了，说你吃饭也比过去多了。你还戏谑地问我，汉水和亚马孙河有什么区别。仅仅过了一个夏天啊，你怎么就突然走了呢？

你走了，谁陪我去看金字塔？看亚马孙河？看中国黄山看张家界看丽江？到长白山看原始森林？到广州和陕西看望大学要好的同学？这都是我们约定的啊！

八月，你要去昆明参加一个会议，你终于同意我跟你一起去，会方也同意我一同前往照顾你。我们无比兴奋，兴奋我们终于能有一次相伴，相伴着看心仪已久的云南风景。

我说：“等你散会后我们去看丽江、看石林、看泸沽湖……”

你说：“你自己尽兴，你‘涉猎大川’。我要是走不动就坐滑竿，丽江肯定有滑竿……”

我们兴奋地憧憬着，向往着那块神秘的土地。

谁知，命运如此捉弄了我们：一次的相随竟成了永世的离别，心仪的风景竟成了鬼魅的妖惑。你发烧，一下飞机就被送进了昆明医院，二十多天的抢救治疗没能还你健康，你惨逝在回家的路上……

为此，我发誓一生将不再走进昆明；为此，一眼没看的云南风景将永远死在我的心里。

亲爱的，你告别在南方遥远陌生的山野，我不知道你能否找到回家的路，我也不知道你会在哪条路上等我。此后的岁月，在我生命所有的旅途，都将留下我对你的找寻，都会有一个悲苦的女人对你流泪的呼唤……

2

你桌子上的书还是那么整整齐齐地摆着，你衣柜里的衣服还是那么整整齐齐地挂着，你总是把穿过季的鞋擦得干干净净放在鞋盒里，你的一摞鞋盒还是那样整整齐齐地在壁柜里放着。你喜欢把一双双洗干净的袜子绾在一起，然后装进一个塑料袋，薄的厚的分开装。现在，那一袋一袋干净袜子也还在床头柜里静静地搁着。可这些东西，怎么突然间都没有主人了呢？日后，谁还能来光顾它们呢？它们将永世地放在那里，寂寞地等待它们的主人，然而，它们的主人却永远地不再归来……

我抚摸着你的一件件衣服，捋着你的一双双袜子，我分明触摸到了你的肌肤，触摸到了你伟岸的身躯，触摸到了你颀长的双腿、你爱出汗的脚……我感觉你依然英气的目光从高处俯瞰了下来，你温热的呼吸在你高耸挺拔的鼻翼里扇翕。可当我拭去泪水定睛看你时，你怎么又不见了呢？我环顾空空荡荡的屋宇，四处寻你。你站出来呀我的爱人！

四壁回响着你的声音，我却看不到你的身影。

我终于明白，你再也不会站在我面前了！

你再也不会在这座屋子里走来走去，我再也听不到你走路的踢踏声了，你走路原本是有轻微的踢踏声的。

我们的屋子还是那样干干净净，地板还是那样亮亮堂堂，书橱衣柜还是那样一尘不染。你生前总是喜欢把屋子收拾得干干净净，把东西摆放得整整齐齐，我也喜欢。你走后我曾不想再收拾什么，我收拾得再干净没有你分享我的收拾有何意义？可我又想，我如果不收拾邋里邋遢又怎么对得起你？

我总感觉你什么时候会回来，回来时我用干干净净的屋子、干干净净的被子迎接你。你生前我是这样待你，你也是这样待我的。

我总是梦呓般地在屋子里找你，一间一间地找，我总觉着找到了又觉着永远找不到，我总觉着听见了又什么也没听见。你总是这样痴痴情情地来看我，却又模模糊糊地飞逝而去。

我知道，我找不到你是你已经羽飞到了窗外。窗外是风是雨，是山是水，是月光是天宇，你在哪里呀亲爱的？

我知道我再也找不到你，悲苦的泪水，如雨……

3

亲爱的，我们现在的相处只能是灵魂对着灵魂的。

我不会离开我们共同用爱和生命创建的家，起码在我还能写作的年代我不会离开。在这座屋子里，我随时都可以找到你的存在，和你说话，和你交流。无论天堂多么遥远，只要回到这座屋子，我就回到了我们的两人世界。当然，当我有一天不再想写作的时候，当我一天天老去需要人照顾的时候，我会到北京找我们的孩子……当我最终离开这个世界的时候，我还去找你，我们还做夫妻，我们还会携手再造新的家园。

是的，我很留恋这座屋子。在这座屋子里，你把生命化作了实实在在的责任，你把责任实实在在化作了行动。作为男人，你的可依可靠在这座屋子里无处不在，这屋子里每一样东西都留着你的印迹，大至壁橱、书柜、沙发、电脑、冰箱、浴房、地板、睡床、电视机、餐桌椅……哪一样不是在你调查了三家五家专业市场之后，在你把质量和价格作了比较之后，在你把所需和我们的收入作了权衡之后，我们才把东西买回来的？小至各色鞋油、各种修理电器家什的工具、各个屋门的钥匙、各种家庭常用药品以及购电磁卡、煤气卡，甚至各种纸衣袋、各类废电线、各色塑料绳胶带纸……你都让它们各就各位，从不乱放乱扔，你没有乱放乱扔东西的习惯。平日生活所需，哪怕多么细小，哪怕很久不用，只要稍一定神你就可以把它们找出来。

我曾无数次感慨，你对家的爱与责任是我一生的福气，你对生活精致的耐心是我活着的指望。

在你术后治疗的日子里，你肯定是预感到了陪伴我的时间不久了，你在为我日后生活的便利作准备：你把一个软皮横格本切割成两半（你把它切割成两半肯定是为了让我携带方便），你用其中一半做了“通信备忘簿”，你在备忘簿里密密麻麻记满了各类服务机构和家电、家装维修电话：手机话费查询、有线电视、开锁公司、供暖公司、首都机场问询、民航订票、火车订票、省直四家定点医院总机，以及煤气、空调、防盗门、抽油烟机、灶具、冰箱、电话、热水器、饮水机、洗衣机、电脑、打印机的维修地址和联系电话，以及近几年我们新购家具的商城地址和联系人电话，以及小区物业、卫生所、派出所、居委会、超市电话，还有火警、报警、医疗急救电话……我数了数共有 65 个！你把几年前、十几年前一直堆放在抽屉里的各种说明书、保修卡、维修卡全部找了出来，一一进行登记。你登记了满满 10 页！你整理登记了好几天！

你做这些事时，我躲在另一间屋子里流泪。你在放疗、化疗，你的身体很弱，我不知你为什么要做这件很繁杂的事，你只是对我说：“以后我身体不好了，你遇到了难处，就找这个本子帮忙，都在上面了。”

你走后，我和孩子们翻看你这个 10 厘米 ×12 厘米大的、毛了边的、粘了胶带纸的备忘簿，都流下了伤心的眼泪。儿子感慨地说，换了我们，是做不到爸爸这样的。

现在，我无数次地想象你在做这些事时，怀着怎样珍爱和哀哭的心情，无数次流泪地想象啊！

亲爱的，前些时樱奇灶具不打火了，我是按你备忘簿上登记的电话联系上维修的；西姆橱柜的拉篮拉不动了，我也是按你备忘簿上登记的电话联系上维修的；两天前，我的佳能打印机坏了，我仍是按你备忘簿上提供的电话、地址联系上维修的。可当我抱着打印机走在路上时我却泪流满面，因这永世的伤心和感激啊！因这永世不再有的珍爱和细心啊！

现在，我天天随身带着你的这个本子，带着你的陪伴，也带着永无指望的思念……

亲爱的，生活平凡而琐碎，实际而庸常，你以你天性中的一丝不苟和严谨，奠定了一个寻常家庭的殷实和安详。作为一个女人，我还奢求什么呢？你的安静和沉稳给我的生命以踏实，你事无巨细的操持使我享用着生活的体贴。我为和你这样有定力的男人一起生活而感恩着我们的婚姻，我为我拥有这样的婚姻而感恩着我的命运。

可你却突然走了！

你为什么在你如此严谨科学地治疗、坚信还能陪伴我三年、五年、十年时突然走了呢？

你为什么在我如此沉浸在依恋、沉浸在幸福、沉浸在可依可靠的情感里时突然走了呢？

你为什么在我们如此珍爱着生活、理解着生活、创建着生活的年代突然走了呢？

亲爱的，你在你这样的年龄离我而去（你再活十年二十年也不老呀！），你让我以怎样的力量来承受生活突然地塌陷?

4

有一首歌，在唱给爱人的灵魂：我是一片落叶，你的灵魂如风。飘零的季节，我们如约相拥……

有一首诗在哀哭泯失的爱情：不能想象你的爱已经遥远／不敢回望我们曾经的相依相伴／来世我还做你的妻子／再造我们幸福的伊甸园……

有一篇散文，在哭诉爱人离别的悲惨，题目是《我的丈夫走在那片青山绿水间》……

亲爱的，没有什么能让我走出伤痛，唯有这悲苦怀念的文字是我活着的牵携。

我把那首诗、那篇散文寄给了南方、北方的亲戚和朋友。亲戚们回电话说，他们看了《山水间》，心和我一起溃碎。他们又说："我们爱戴的人一生干干净净，就让他在南方干干净净的山水间走吧。"

朋友们看了《山水间》回电话说，想这万丈红尘中，痛失最爱最叫人痛不欲生。但你总得往前走呀，你应不是世俗女子，你有事业，有一双优秀的儿子，未来的生活依然如歌。

许多许多真实温暖的牵手，许多许多熨帖人心的安慰！

那个最早知道你悲惨遭遇的作家陈建功先生给我发来了短信："你必须接受命运的安排，想开一点，这正是崇先生之至念。你若崩溃，崇会含恨而去。我觉得你太控制不了感情。请切记，生活总要继续。”几天后他又发来一条:“你万万要从悲痛中走出，不要轻信灵魂之类。你对崇先生已尽心尽力，他会安息。”

昨晚，接到远在韩国釜山大学任教的李晓虹博士的电话，她说她刚刚接到林非先生的信，林先生在信中告诉她这个悲痛的消息，她非常震惊。她说上帝真是不公平，怎么让这样相爱的人在这个年龄分离！晓虹打来的是国际长途，但她竟用了半个小时在电话里和我流泪叙说。她说她和林先生在信中约定，待她圣诞节回国时他们一起约我去北京相聚……

山东女作家魏兴荣赴京开会，她知道你惨烈的遭遇之后发来短信：“我心久久不能平静，但事已至此，你还是要尽快走出来。生老病死，天灾人祸，谁都没办法，只能承受。车祸地震、俄罗斯的恐怖事件，那么多活生生的人，说没就没了，人们也只能承受啊！你要想开些，身体要紧，你还有那么好的儿子们！”兴荣好像一直在赞美、关注着我们的婚姻，她那篇《梅洁：懂爱的女人》你生前读过，我们都曾被她透彻、深情、美丽的文字而深深地感动。

兴荣发来短信的同时，也转发来批评家阎纲先生的短信（阎纲先生不知道我的手机号）：“致梅洁：这次江西开会，你没来，好像是王旭峰告诉我你没与会的原因，与你同悲。刚才兴荣向我备述一一，我们都很伤心，盼节哀是嘱。我是阎纲。”之后，兴荣和阎纲先生在京都苑约见了我，真诚的友谊分担着我深重的悲苦。后来，阎纲先生读了《山水间》，他又给我发来短信：“体制压碎一条人命，也是亲人的生命。逼真得像虚构，然而是血写的事实。应是‘不在天长地久，只求曾经拥有’。继续写，墨点代血浇灌英魂。阎纲。”

几年前，因着癌症阎纲先生失去了36岁的女儿，感谢一颗同样悲苦的心灵对我的安慰和鼓励。还是在京都苑时我曾绝望地问阎纲："真的能走出悲痛吗？"他决绝地回答："能走得出！一定能走得出！"我想，阎先生肯定是在书写中走出失去女儿的悲痛的，正如他后来又发来的短信所说的那样："写吧，在书写中安妥自己的灵魂。"

中国社会科学院青年学者王兆胜把1700多字的长信发进了我的邮箱："……梅洁，我希望你能够尽快越过横在你面前的这条沟谷，因为你必须坚信：人生不如意者十有八九，生命对每个人都是一样的，有不少人如你一样失去了亲人但无能为力。人更多地是向前看，不能总活在回忆中，人生的智慧实际上就是参透了生死。有很多朋友关心你挂念你，即使这人生是黑暗的地牢我们也要创造美好的人生！其实人生的意义正在其无意义，就好像江河向大海流去一样，每个人的生命都是如此，只是时间早晚不同而已！死，并不可怕，尤其当有人爱他们，留恋他们，为他们送行的时候。从这个意义上说，崇老师和我的姐姐还有阎荷都是应该知足的，因为他们曾为我们、为这个世界留下过那么多美好的东西，这些东西将影响着许多人。还因为他们并不孤独寂寞，有许多人想念他们，为他们永在天堂祝福……"兆胜童年失去了父母，前不久，又失去了养育他长大的姐姐，悲伤也使他痛不欲生，但他对我写道："好好活着，让爱我们的他们安心……"

青年诗人海默是我的同乡，你在京治病时他去看过你，他阅读了《山水间》之后，为你也是为我们写了一首诗——《一个伟大的男人在青山绿水间走了》，他把这首诗发到了我的电子邮箱：

一个伟大的男人在青山绿水间走了，远离了世俗，远离了尘嚣，远离了人世的荒诞和悲哀，也远离了病痛和折磨，他是幸福的。

一个伟大的男人在青山绿水间走了，他是在你爱的怀抱里走的，没有痛苦，没有坚持，没有挣扎，他只是静静地睡去，他是幸福的。

一个伟大的男人在青山绿水间走了，他的魂魄在青山和绿水间穿行，在蓝天和大地间飞翔，他的正直和无私会让上帝感动，他是上帝的孩子，上帝会保佑他的，他是幸福的。

一个伟大的男人在青山绿水间走了，他去了一个氧气非常充足、空气非常清新的世界，没有烦恼，没有忧愁，他每天要做的事情就是跟你用心进行默默的对话和交流，你是幸福的。

一个伟大的男人在青山绿水间走了，他没有走，他的生命已经以另外一种更加鲜活的形式在你两个优秀儿子的身上得到了完美的延续，你是幸福的。

一个伟大的男人在青山绿水间走了，他没有走，他随时都可能在美丽的大自然中与你相逢，他一直都在你的身边，爱不息生命不止啊！你是幸福的。

一个伟大的男人在青山绿水间走了，山没有倒，你心中的大山依然巍峨，依然挺拔，依然在用宽厚的肩膀为你撑开一片充满爱的世界，你们是幸福的。

一个伟大的男人在青山绿水间走了，天没有塌，你

头顶的天空依然辽远，依然博大，依然在用温暖的怀抱
迎接着你走向美好的未来，你们是幸福的。

一个伟大的男人在青山绿水间走了，他还会回来，
他正走在回家的路上。

我反复读了海默的诗，我对海默说，我看到了一颗善良、高远的诗心。

亲爱的，明春三月，我和儿子将在京西万佛陵园为你的骨灰举行安葬，我请求海默到你的墓地朗诵他写的诗，他已欣然应允。他说他将排开所有的事务，前去认真朗诵。

明春，有一个怎样伤感而庄严的三月啊……

5

还有许多的问候，许多的关心，我都会默默地珍藏。但我依然觉着，真正的伤痛无人可以替代，所有的友谊都是外在的力量，人最终的得救只能是靠自己。正如友人刘萍所说："面对阳光，只有你自己打开你自己关闭的那扇窗，你打开了，阳光终于进来了，就是开梅花的季节了。"

好吧，已是冬季了，一月、二月是梅花盛开的季节。愿上帝眷顾我，让我的怀念与大自然忧伤、冷艳的美丽重合。我想那时，我的泪水便会结出满树之花……

不是遗言的遗言

1

北墙上的那块蜡染布艺换成了你的黑白遗像，遗像下的橡木案几上——我和儿子跑了好几家家具城专门买的橡木案几——顿顿摆放着你喜欢吃的水果、素食，那也是我顿顿的饭菜；清晨和夜晚，铜质香炉里的三炷檀香紫烟袅袅，萦绕着我无边无望的思念；小妹和凌儿送来的佛音盒日夜在案几上唱响着，“阿弥陀佛”的诵经声日夜唱响着，已经唱过了七七四十九天还要继续唱响下去。小妹信佛，十分地虔诚。她说诵经要诵一百天。她说，哥哥是世上少有的好人（她按家乡的习俗，把姐夫称为哥哥），佛会保佑他早日超生。

每日从你遗像下走过，都看到你那双依然坚毅、依然睿智、依然深邃的目光在注视着我，不管我从东、从西、从南哪个方向望过去，你的目光都是如此专注地望着我。

亲爱的，你是有话要对我说吗？

其实，我心最惨痛的事之一是你生命最后的时刻未能对我说什么。

切开的气管开放着，你发不出声音；昆明到北京的列车上，你因呼吸衰竭痛苦得说不出一句话；我和儿子呼天抢地也未能给你找到氧气，那个劳什子“氧立得”根本救不了你的命，我们却把希望押在那上面；那根扭曲的输氧管蛇一样在咬噬你的生命，我们还对它怀抱全部的祈求。

其实，挪开那根管子，用手指轻轻堵住安插在你喉部的塑料管你就能说话，在昆明的医院里医生教给过我们，我们无数次这样做过。可在狂号奔驰的列车上，我们无依无靠，只能靠那根细细的管子，那根管子是汪洋大海正在吞没你也在吞没我们时唯一的一根稻草。救命的稻草。我们除却把那根管子紧张而痛苦、希望也绝望地插进你切开的气管外，一点也不敢造次。可那根管子最终没救了你的命却使我们失去了最后对话的机会。

至今，那根具有救命假象的管子，依然在我的梦里扭曲。

从昆明到湖南怀化，你坚持了 18 个小时不能再坚持时，你肯定有话要对我和儿子说；你听到我乞求列车长为你找氧气但最终绝望地恸哭时，你肯定有话要对我和儿子说；当死神一步步逼近、你就要和我们诀别时，你肯定有话要对我们说……然而，你什么也没有说，你发不出声音，你被窒息的痛苦绞杀着。

你躺在我的怀里，我眼睁睁看着你无声无息地挣扎，我帮不了你我痛不欲生；我清清楚楚地看见你把一直紧闭的双眼使劲儿睁开，又使劲儿瞪得很大，然后你停止了最后一次呼吸。

你睁着一双很大的眼睛走了！

我痛泣着请求列车上那位年轻的军医帮你把眼睛闭上……

我无数次听人们说过“死不瞑目”是要走的人不能甘心、不忍离去。在那个天上人间永世分离的时刻，我目睹了你的不忍、你的不甘心、你的“死不瞑目”啊！亲爱的！至今想起来我都肝肠寸断、心碎欲裂啊！

你惨逝的场景是我永世的痛苦！

现在，我常常望着窗外流泪，我幻想当初你躺在我怀里时若能对我说点什么，哪怕是相互道一声“珍重”，那将是怎样地弥足珍贵！那将成为我今生怎样的宝藏？然而你最终说不出一句话。在生命弥留的瞬间我们有多少话要说啊！

你说不出话，你带着怎样的悲苦上路？

现在，你的遗像在北墙上挂着，凄凉而肃穆。望着你的遗像，那双坚毅的、深邃的目光总是那样专注地尾随着我，你想对我说什么呢，亲爱的？

常常站在你的遗像前，默默地站很久；常常望着你的遗像，默默地流泪，流很久……

2

你躺在我的怀里走了，我摩挲着你依然英俊、依然年轻的面庞，摩挲着你依然柔软、依然白皙的腹胸，这是我怎样熟悉的一个男人的身体啊！而你的身体渐渐地凉了下来……

我摩挲着你宽厚、结实的双手，这是怎样一双勤劳、可靠、有力的手啊！而你的手指慢慢地开始发硬……

T62 次列车悲号着翻山越岭，你停止呼吸后我们还要走 19 个小时才能到家啊！

我不知人没有呼吸后灵魂何时脱离躯体，我只想着我抱着你、摩挲你你就不会走，你就会跟着我和儿子一起回家。你停止呼吸的地方叫湖南怀化，湖南怀化离家还有五千里长路。望车窗外层峦叠嶂的青山，山涧里时隐时现的草庐，我的心疼痛难忍。亲爱的，你无论如何不能在这里与我们分手，你要是独自在这里走了，这千山万水的陌路，你可怎么回家?

我抱着你，一个小时，两个小时，三个小时……我的体温无法再暖热你冰凉的身体，我的手无法再抚平你蜷起的手指，悲苦的泪水汹涌着，打湿了你的衣被。

亲爱的，你在回家的路上走了！你把我的爱、我的依靠带走了！你把我一世骄傲的幸福带走了！你把那个用我们一生的辛苦共同创建的家带走了！那是如两只老鸟一样一根根衔草垒建的家，那是如燕子一样滴滴衔泥吐血垒建的家。我一直把我们的家看作是上帝赐给我们的礼物，我一直把我们的家视作我们爱与婚姻乃至人生的最高成就。世人都在说我有一个幸福的家，世人都在羡慕我是一个幸福的女人。我感激着这样的祝福，我认同着这样的羡慕。

我深知我们两个都是那种极富“家庭属性”的人，在这个家里，我们共同孕育、抚养了两个优秀的儿子，我们的生命在他们的生命里延续；在这个家里，我们爱着、恼着、惦念着、操劳着把生命和岁月融在了一起。在我们经历了许多艰难、挫折和苦难之后，我们都已深解“相依为命”的全部含义。你这一生没有爱好、没有应酬、没有朋友，你喜好安静拒绝着任何热闹，你孤傲独立、不屑任何交际，你不尚权不媚势不随大流，你的正直使你最终成为一个孤独者。只有家才是你的唯一，你恋家、恋孩子、恋妻子超乎寻常。

作家周国平曾说，家不仅仅是一个场所，“家是一个活的有生命的东西”。他还说，“共同生活的时间愈长，这个家就愈成为一个生命的东西”。任何一个微小的伤害，都会有撕裂般的痛楚。疼痛的不是别的，正是“家”这个活体。亲爱的，现在不是什么小小的伤害，是凝聚了我们34年生命和岁月的一个活体被撕裂了，那疼痛是绝世的疼痛、那伤害是永不痊愈的伤害！那个交织着我们两人共同的经历、命运和无数回忆的家消失了，那个鲜活的、温暖的、触手可及的生命体刹那间虚空了！

我一生一世心疼的那个家因着你的离去已不复存在，没有什么能引渡我内心深处的痛苦。望车窗外泣血的夕阳，我伤痛如斯……

3

其实，细想起来，你想对我说的话也说过一些，只是很含蓄，有时只是一种暗示。唯其含蓄，唯其是暗示，你总是有一句没一句，我知道你是怕说多了、说完整了我会伤心。我呢，自你手术后一直在悲苦中恐惧着“死亡”，忌讳你说有关离别的话，我也不说。我知道，我们相互的躲闪是在相互爱护。我们的爱很认真很沉重。

去年六月的一个晚上，也是你戒烟的第二天，我们相依着在那条路上散步，你说，一墨该会说很多话了吧。我说，她聪明过人，不仅会说很多话，还会准确地使用连词、介词呢。你说，可能她对我没有多少记忆……我说，怎么可能呢？你戒了烟能活八十岁、一百岁，你们家族的男人寿命长，你的父辈、祖父辈不都活了八十多岁吗？到你八十岁的时候，一墨没准儿正在哈佛、牛津念研究生呢！我牵着你的袖子，孩子般蹦跳着，说得很开心。但你却叹了口气说，好了，不说了，说了心烦……

一墨是第一个来到这个世界的我们生命的第三代传人，那时她还只有一岁零八个月，居住北京，和她的父母、外公外婆在一起快乐地成长着，谈论她是我们最幸福的话题，怎么会心烦呢？我充满困惑但我没再问你。没想，第二天你就去做体检，结果出来的时候，灾难随即降临……原来，你对自己的病已经有所觉察，你对灾难已经有了预感。当灾难就要来临时，你想到了我们最小的一位亲人，想到了她对你的记忆。

人生悲凉，命运残酷。现在你走了，待一墨长大不可能对你有什么记忆，她还太小。但请你相信，如果我还会活很久，我会把你的故事讲给她听，她的父母会把你的故事讲给她听。我还会把昆明总医院那页皱皱巴巴的病历纸拿给她看，那页纸上有你写给她的话。你从昏迷中醒来，儿子告诉你说凌儿来电话，说一墨上幼儿园了，老师表扬她会自己吃饭了，不用人哄自己睡午觉了。你笑了，示意要写话。护士递了一页病情观察记录纸，我扶着你绵软颤抖的手，儿子在铁皮夹板上铺开那张纸，你在那张纸上写道：“墨墨真好！上幼儿园最操心的就是吃饭、睡觉两件事，这两样她争光了。”

我会长久地留着这页纸，如同我会留下你在生命最艰难的日子写下的那二十多页纸一样。我会在一墨长大成人后把那页纸交给她。凭她的聪慧善良、凭生命与生命之间最强大的亲情传递，一墨会感激她没有记忆的祖父在她人生之初留给她的奖励，她会在乎一个生命垂危的亲人在这个世界上写给她的唯一的话。她甚至会因着这遥远的奖励与祝福在人生之路上一路“争光”。

你还暗示过我什么呢？哦，好像那不是暗示，那就是你并不明说的遗言——

那是一个宁静的午后，我们两人并排躺在床上说话——你手术后的一年，我们两人总爱这样并排躺着说话。无论我坐在床边还是靠在桌旁，你总要把躺着的身子挪挪，然后拍着腾开的地方说：“你躺这儿，躺这儿我们说一会儿话。”你无助的依恋让我心疼也让我温暖，我总是按你的意思躺下去，亲昵地躺在你的身边。彼时和此时，我都觉着，我们并排躺着静静地说话，是我们生命中最惬意、最幸福的时刻。

你走了以后的日子，我竟不敢面对那张床。我不敢面对，是因为那张床上留着我们太多的热爱与悲苦，不敢面对是因着我永远失去了我们并排躺在那张床上静静说话的幸福时光。

我们的话题漫无边际……

就是在那个并排躺着说话的午后，你郑重地向我说了三层意思的话，你说：无论生前还是死后，你最无愧的是你这一生没有做一件辱没人格的事，没有说一句有辱人格的话，无论是恨你的人还是说你好的人，在对你人格的评价上，你相信会是一致的；第二，你说我们的两个儿子都是好孩子，他们都已长大成人，有很好的立足社会的能力，有很好的做人品格，这方面你不牵挂；第三，你说你这一生对工作兢兢业业，到一个单位建设好一个单位，管理好一个单位，你是知足的。虽说你的认真和原则得罪了一些人，但没有人会说你是一个自私龌龊之人，是一个不公正不正派之人，你有这个自信。

你平静地在为自己的一生作总结。我知道，你的总结是慰藉良心最真诚的力量。

末了你又说："剩下的一件事是我最难过也是最对不起的，那就是如果我走了，没有人跟你做伴……"

记得没等你把话说完，我已难过得大哭起来。那一刻，我意识到你这是在交代我什么，意识到你这不是遗言的遗言，我伤心欲绝……

亲爱的，我知道你总是把"独立正直的人格看得高于一切"，你走了，你的人格与我们同在。现在，我和孩子们商定，我们将把这句话刻到你的墓碑上，这是亲人们对你最重要的缅怀，也是对你一生堂堂正正、磊磊落落做人的界定和认可。我们都知道，你这一生不怕别的，就怕被人指责"没有人格"。于是，你以超乎寻常的自律处处为你的人格作证。为此，你活得光明正大，也活得很苦很累。你从不仰仗权势，你鄙夷攀附，你凭借自己的人格、思想、实力走过人生。我们绝对相信，一个处处小心维护自己人格的人不会在道德、人性、人生规则上出界。在天堂的路上，你可以坦然而无愧地对上帝说，你是他纯粹的、没有邪念的儿子。

至于"没有人做伴"，你说到了我生命最深的痛处。你的离去是对我幸福最致命的打击，我至今无法安慰你也无法安慰我自己。我知道我走不出悲痛便没有快乐可言，但没有什么可以化解我内心深处的苦痛。真正的悲痛是化不作力量的，"化悲痛为力量"的教义对我没有意义。

于是，亲人、朋友们都在劝我说，那就等待时间吧。可我想，时间又能怎样？时间只能使悲痛埋藏得更深而不是消失。

亲爱的，在忆念你的时间里，悲苦的泪水将打湿所有的时间……

谛听门外的脚步声

在我的想象中，“年”是岁月的“门”。

穿越一扇扇巍峨之“门”，我们便穿越着岁月。

无论我们是否情愿，我们只能携带最轻便的行李，去跨越那一道道神圣的门槛。当我们跨越的姿势刚刚站稳，当我们仓皇的心情还没来得及定神，我们就听见身后传来一声令人心悸的“哐啷”声——岁月之门把这一岁关死了！不允许回望。有的，只有门这边的阳光、水和空气。生命必须在门这边重新整装，然后憋足劲儿重新赶路。

一扇又一扇门——或崭新，或古老，或斑驳，或苍重，或遥远，或贴近……关闭了我们一路走来的一切。丈夫总是对我说，把来时的门关死，就是让你不断有新的创造。

可丈夫尤其是一个挚爱回望的人。理由是：回望是为了聚集勇气开始新的征程。

丈夫回望的方式是：在新年到来的前一天，他会把床上床下，书房厨房，屋里屋外，犄角旮旯，甚至每一盏灯具、每一件厕具、每一个柜具的顶面，都擦得一尘不染。我不把丈夫的行为仅仅视为“洁癖”，那是丈夫与生俱来对生活的一种渴求，抑或是对家的一种责任和爱，这渴求、责任和爱，年复一年在他心中已形成一种生活准则和心灵指向，而这“准则”“指向”在迎接“年”的日子里，就使他变得分外亢奋、热情。在一家人亲昵地你挤我、我挤你地围坐在厅室的沙发里准备看央视新年节目前——他轻松地点燃一支烟，不慌不忙、不紧不慢但却极其郑重地开始细数家庭成员一年来的成败得失，那样子一如他在单位和他的同事们一起作“年终总结”。这“总结”是丈夫在年岁里珍藏得最安妥的一个“账本”。

丈夫非常看重他总结的第一条。

比如：2000 年的第一条是小儿子考上了光通信博士；2001 年是并列头条，一是大儿子的爱情有了果实——一个漂亮的小女婴在我们的家庭诞生，二是我获了“鲁迅文学奖”。当然，还有第二条、第三条、第四条、第五条……他也都很看重。

丈夫的“家庭年终总结”一作就是十几年。年复一年，我们在他的“总结”中快乐着，感恩着，相互鼓励和依傍着。

两年前，这个既信心百倍地跨越岁月之门又喜欢深情回望生活的男人走了，最终告别了尘世辛苦的跨越与挚爱的回望，开始了他的天堂之旅。

但我始终坚信，当每一扇岁月之门关闭之前，他都会再回来，与他的亲人一起作“年终总结”；然后，护佑他的亲人做有信心、有勇气的跨越，之后开始新一年的征程。

此刻，在 2007 年钟声敲响之前，我伫立在厅堂门前，静静地谛听他归来的脚步声……

我将告诉他：2006 年 10 月，我们的小儿子已在北京郑重地举办了婚礼；我在这一年的 12 月 18 日前完成了 41 万字的关于汉水的书稿。还有第三条、第四条、第五条……

我还会征求他的意见：前两件事都是你临行前最牵挂的，哪一件放头条呢？

附：

英勃写给父亲的信

亲爱的爸爸：

您离开我们半年有余了，可我对您的思念却从来没有停止过。我至今仍然不敢仔细阅读妈妈写给您的文章，因为我无法面对。

无法面对突然摆在我面前的残酷的自然法则；无法面对过早失去父爱的痛苦和失落；无法面对在昆明整整一个月的日子和归来的火车上，我们父子经历的生离死别；尤其无法面对：我还有那么多想做的事没有对您做！亲爱的爸爸，我再也没有机会对您做了呀！

爸爸，从小我和弟弟与妈妈在一起的时间较多。因为工作的原因，您常年在外。从心理和感觉上，我们与妈妈要更亲一些。然而，随着年龄的增长，随着我也做了爸爸，我才逐渐认识到，其实我一直浸润在你那浓得化不开的父爱里。

去年冬天，当我的小女儿吵着向我要一辆冰船时，我突然意识到：我是不大可能为她亲手做一个的。可在我的记忆里，您不仅为我做过一个敦实的木冰船，还有“小鸟钓鱼”的电磁玩具，还有一把弹弓、一个抽牛……我不记得您到底为我们做过多少玩具，我只是疑惑，您是怎样在那些不长的与我们在一起的假日里，用您那双敦实而粗大的手编织了两个男孩子绚烂的童年的。后来，您知道我和弟弟酷爱围棋，您去云南出差，竟然花80元钱为我们买回上好的云子，在您和妈妈每月都不足200元工资的20世纪80年代伊始，两草罐黑白云子和那块金黄色的木棋盘成为您馈赠两个男孩子的最珍贵的礼物。

而后，我上小学、中学、大学，工作，每一阶段都是您用心血和爱为我铺平道路。小学时，是您引导我走出对数学的困惑，您出差买回的那本《全国小学升学数学习题汇编》，应该说奠定了我和弟弟日后对数学敏锐的解题能力；高考报志愿时是您找来了大量的资料，认真严谨地分析了历年各大专院校的招生规律，最终使我用一个比重点分数线高不了多少的成绩考上了名牌大学。记得在我就要离家远行的头天夜里，您盘着腿坐在地上为我整理行装，除了衣服被褥鞋袜，您连针线包、擦手油、指甲刀、手绢、鞋垫、饭盒……都一一为我想到了。在北京站送我时，火车开动后您随火车跑出去很远。那时，我看到了您的泪水——看到了我从未看到过的一位坚强的父亲的泪水。当我毕业找工作时，您在那个冬天四处为我奔波，听妈妈说，为了赶到国家建材研究院递交校方的推荐信，您不顾大雪之后高速公路已封路且大雾弥漫的危险，硬是驱车走便道从石家庄赶往北京，平日只需3个小时的路您走了8个小时！而后，在我对工作单位不满意时，您又再次为我奔波，最终，您累倒在北京且肾结石发作……

爸爸，我不知道，您为什么总能无怨无悔地去为我做这一切。您完全可以按照平常教育我的那样，要求我“自强、自立”，去完成本应该由我自己完成的事情。可每每事到临头，您就总是一次又一次地走在前面，为我排忧解难，为我操心。

爸爸，您从不表达，也不善于表达，您只是默默地施予着你对儿子的爱，而我则浑然不觉地接受着。您在世时，我们没有过一次无拘无束的玩笑，我们甚至没有过一次促膝的长谈。可当我年近而立、终于从您的眼神中看到那深深的关爱和渴望时，我感到了一种幸福，也感到了一种歉疚！我暗暗决定，在今后的岁月里一定要用心去呵护和回报您。可亲爱的爸爸，您却这么快地走了，留给我的是永远无法弥补的遗憾和悔痛！

爸爸，在回忆您的日子里，我总是泪流不止。但在这不尽的泪水中，我又深为您的一生感到欣慰和自豪。虽然您的生命短暂，但您深深地爱过也被爱了——您曾那样倾尽所有的去爱您的妻子、儿子和亲人们，而您的妻子、儿子、亲人们也是那样深深地爱着您；而且，同样重要的是，您一生小心翼翼而又坚定不移地维护了您纯粹的人格与精神。您和妈妈一起，用超乎想象的毅力和执着，坚守着属于你们一生的价值观和做人原则。你们近乎超然和纯粹地活着，你们始终与这个欲望喧嚣的现实社会保持着距离，甚或是格格不入。作为儿子，我深知你们在享受着精神坚守的快乐时，也承受着各种压力、痛苦和迷茫。从某种意义上讲，成功与失败、幸福与迷茫是你们人生的悖论。但无论怎样，你们完成了骨子里的理想，成就了一个纯净灵魂所需要的一切实践。

爸爸，您和妈妈在经济上是清贫的，但你们留给我们精神上的东西是我们足够的财富！您的儿子和后代们将永远享用不尽。

为此，您可以含笑九泉了，亲爱的爸爸。

在阳光灿烂、春光明媚的北京万佛山，亲爱的爸爸，您安息吧！

您的儿子：英勃

2005年3月25日

附：

英哲写给父亲的信

亲爱的爸爸：

很久没有给您写信了，您生前我也很少给您写信。万分悲苦的是今天这封信，只能托付神的邮差给您带过去，也许您在另一个世界里正等待着。我知道，您是无时无刻不在注视着我们，关爱着我们，保佑着我们。

爸爸，您在昆明病重时，我和哥哥接到妈妈的急电，当天我们就乘机赶了过去，在昆明的医院里，我陪伴了您10天。之后妈妈担心我刚刚参加工作，怕我耽误工作太久影响不好，就让我先回了北京。没想到这就成为我们父子的永别。人间天堂，万里迢迢，我悲苦的思念只能走在这长长的路上了。

爸爸，我无法忘记2004年9月23日上午10时40分那个悲惨的时刻，那天，历经苦难的妈妈、哥哥和梅宇表哥陪伴着已经长眠的您从昆明回来了。我和嫂子、旭旭表弟、梅勇表弟还有宁宁和阎伯伯，还有爸爸和妈妈单位的一些同事，我们一起在石家庄火车站站台上等待着您。我们迎来的已经不是英气勃勃的爸爸了，我们从火车上抬下来的只是裹着白被子的您已僵硬的身体。当我们把您从石家庄火车站送到医院时，您在我的眼中是那样平静安详，如睡着了一样，然而这却是永远地睡着了。我大声地哭喊着“爸爸！爸爸！”可您再也听不到我的呼唤，听不到这个世界上的任何声音了！妈妈早已悲痛欲绝、泣不成声了。我的眼泪像湍急的河水一样流淌着。我注视着您那无比熟悉的亲切、智慧和正直的面孔，总觉着您可以突然醒来，再回到我们曾经在一起的日子……

仅仅在十余天之前，我在昆明医院里陪伴您时，记得您刚刚从深度昏迷中苏醒过来，感觉病情稍稍好转了一些，但由于气管插管，您无法同我们直接交谈，您就不时用颤抖的手一笔一画、艰难地写下几个字来同我们说话；有时您还竖起大拇指向我们示意，给予我们所有人信心和鼓励……

然而短短几天之后，您那曾经饱满的手就在病魔的折磨中干瘪了。我轻轻地握着这双曾经温暖而勤劳的手，这双手已经冰凉僵硬了，我心碎欲裂……

爸爸，还记得我们小时候，您一直在乡下一家拖拉机站和一座煤矿上班，常年不能与妈妈、哥哥和我在一起，那时我最大的希望是妈妈带我们去煤矿看爸爸，听妈妈讲述爸爸传奇一般的故事。看着爸爸用智慧和双手设计建造的办公区、职工宿舍和矿山医院，我心中总是有种无法言语的自豪；看着爸爸用智慧和双手撰写的厚厚的管理规章、生产流程和考核制度，我总是梦想将来有一天我也可以做到。在您小小的宿舍里，妈妈、哥哥和我都只能打地铺，但我依然感到很满足，因为您就在我们的身边。

上小学以后，由于您和妈妈的工作调动，我们全家都生活在城市里了，也许是为了补偿您以前常年不在家、不能陪伴家人，在我记忆里您总是很少出去应酬，每天一下班就回家和我们在一起，感受家庭的温馨。每晚回家后您的第一件事总是打扫卫生，为了擦地不留下脚印，每次您都用力拧干拖布，对地板上擦不掉的污渍，您会用手一点一点地蹭掉它们；家中的房屋、阳台、灯具、储藏室您都会收拾得干干净净；家中的所有物品，小到一颗螺丝钉，您都会放得井井有条、整整齐齐。在做这一切的时候，您总喜欢叫上我，我也乐不可支地跟在您后面，尽我所能。那些快乐美好的时光我一直记忆犹新，您的许多做法我现在还依然继续保持着，因为那也已经成为我生活的习惯。而每次劳动完毕之后，您就会洗点水果，找出一些小吃，放在茶几上，和家人共同度过晚上那段美好的时光。每每吃完妈妈为我们做的可口的饭菜后，我们一家人总爱一起挤在沙发上，一起看电视，一起讨论一些事情。您总爱用您的那双大手轻轻地拍打着我们，高兴的时候，会用那双大手做出各种动作来逗乐我们，有时还和我们比赛掰手腕，大多时候我们掰不过您……

爸爸，您并不十分善于表达您的感情，但您却默默地给予家、给予我们深深的爱，当我和哥哥长大到外地读书以后，每当我们放假回家，我眼中的家始终和我幼年的记忆一样，永远那么干净、整洁；茶几上摆放着各种水果和小吃，静静地等待着我们回来。妈妈无数次告诉我们，说您这一生最大的快乐是和我们在一起，说您最大的满足是我们在您身边时的那份天伦之乐。

然而，病魔突然降临了，我们和妈妈一起沉在了痛苦的深渊之中。在您顽强地与病魔斗争了一年之后，最终一个人孤独地走了……

爸爸，作为父亲，您养育了我，供我读了22年的书，读完了小学读中学，读完了大学又读硕士、博士，我只想着工作后能回报爸爸于万分之一，可没想到我刚刚走出校门您就与我们永别了。作为儿子，我的伤心只能在今天说给您听了！

爸爸，传说中，人的灵魂会回归到大地母亲那里，那就让您的正直、善良、坚毅和爱在大地上成长生根，根深叶茂，给我们活着的人以庇荫。我坚信你的精神一定能在子孙后辈中血脉传承。

爸爸，您安息吧！无论您走到哪里，您的心永远和我们在一起，我们的思念也永远和您在一起。

永远想念您的儿子：英哲

2005年3月25日于父亲墓前

古街深处封存的忧伤与温暖

1

七年前的2006年2月，当我拿到了一张海淀区公安局颁发的居民身份证时，我便真正成为北京的新市民了。一时间，我的亲戚、朋友纷纷发短信祝贺，我感受着他们快乐的祝贺中对“北京人”的艳羡。

作为北京的“新市民”，对于亲朋好友们的艳羡我没有优越感，却有一丝淡淡的伤心。20世纪60年代，我曾在北京上了五年大学，大学毕业时，我们全部“四个面向”了——“面向边疆，面向农村，面向工矿，面向基层”，北京一个学生不留，我们连“留京”的梦都没有做过。我们潮水般退出了这个城市，我们走得很远很远，走得销声匿迹。

20世纪90年代伊始，当我在僻远寒凉的乡村、高原磨炼了二十年后，当我把生命最宝贵的年华留在了大漠的风里之后，我想回到一个风小一些、气候温暖一些的地方。那时，如果我勇敢地回望一眼北京，我想凭着我们的实力，我和我的大学同班、后来成了我的亲人的那个男人，是会成为北京的优秀建设者的。然而，我们依然没有回望北京的勇气。一丁点儿也没有。直到前些年，我挚爱了一生的那个男人走了，他化作了一缕白烟，在宇宙间消失得无影无踪时，北京才敞开胸怀，接纳了我。政策说我的两个儿子都在北京，我是可以随儿子将户口迁进北京的。这个政策是当年攻读光通信博士的小儿子从网上发现的，小儿子如同发现新大陆一样兴奋，然后下载下来发到了我的邮箱。

之后发生的事如同做梦：大约就是给大儿子户口所在地的派出所打了几个电话说明情况，派出所让我邮寄了几份有关材料，我就成为有北京户口的北京市民了。我至今都在感激派出所那位年轻的范姓女干警，仅仅是几个电话啊，仅仅是两个月时间啊！她就为我办妥了。当她电话通知我必须来京照相办身份证时，我好长时间顿在那里，以为我听错了什么。

如今七年过去了，来北京后，我除了独自蜗居在京西的住宅里，平日里便是一个人静静地到之前一些想去的地方走走……

2

静静地梦幻般地一个人走着。

这座泅渡了我们青春的城市让我怀想、让我依恋。

圆明园遗址去过了。我和我的大学同窗是在这片遗址上流泪牵手、最终决定了一生相依相爱；位于圆明园北面的母校去过了。我们是在那所高等学府度过了风雨交加的五年；鼓楼大街、烟袋斜街去过了；花六十元乘漂亮的黄包车，把前海后海的四合院看过了；把青年时代多次去过的颐和园、天坛、香山也默默地走过了……

2008 年，前门大街改造成为步行街。我从电视里看到恢复或重建的古建筑满街巍然屹立，看到大栅栏街里辉煌着无数百年老店，看到消失了四十多年的“当当”车（有轨电车是在我从南方来北京上大学的那年给拆除了）又出现在前门大街，那一刻我内心充满欢欣，充满温暖——去前门大街、去大栅栏走一走！我下过几次决心。但几次跃跃欲试最终依然却步。

古老的大街封存了我怎样的温暖和悲伤啊！

1969 年，北京的大学生们已经潮水般退出这座城市，在圆明园遗址定了终身的我和我挚爱的大学同窗，决定在离开这座城市前照一张合影，我们毅然选择了正阳门前的大北照相馆。那时乘公交车分段计费，一角、二角、五角……我们都是贫穷学生，花一角钱车费都很心疼。我们两人决定步行到前门大北照相馆。我们从西苑出发，一直走，但没等走过中关村，在中央民族学院门前我便脚趾起泡、寸步难行了。我们不得不乘车来到了前门。

大北照相馆为我们留下了青春，留下了挚爱。我和我的男人没有结婚照，也没等到银色婚、金婚他就一个人走了，他的离世成为我一生的悲苦。唯有大北照相馆为我们学生时代留下的这张合影成为我永世的珍藏。

创建于 1921 年的大北照相馆，担负着为全国历次重大会议（全国人大、全国政协会议等）拍全体合影、为中央各政要拍照片的重任。其实，我们当时并不知道它辉煌的历史，只是我的那个同班男生他知道前门有个很好的照相馆。他知道这个照相馆是因为他的舅舅在大栅栏一家旅馆上班。我见过他舅舅，他舅舅姓炼，清瘦而干练，炼家在清末时出过举人。1949 年前就在大栅栏经营旅馆，之后公私合营，之后他老家的妻子去世，之后他与小他二十多岁的、被人民政府镇压的前北京警察局局长的遗孀成婚。在大栅栏舅舅家，我数次见到新舅妈，她端庄美丽，落落大方，她对我说她很感谢舅舅对她的“收留”。

我们结婚后来大栅栏看过舅舅、舅妈，舅妈带我到瑞蚨祥绸布店买了一米凡尔丁布作为送给我的礼物，她让我拿回去做条裤子。凡尔丁是那个年代很时尚、很奢华的一种化纤布，也是我结婚前后收到的唯一的一件礼物。无论后来的岁月我有多少衣服、多少布料，我都难忘新舅妈送我的那块凡尔丁布。也是在那时，我知道了大栅栏里的百年老店瑞蚨祥。

20 世纪七八十年代，无论是我从塞北回湖北老家，还是到北京出差，我都是在他舅舅的旅馆住下。那个年代，北京的旅馆不多，住宿也很严，没有单位的介绍信旅馆是不收的，他舅舅的旅馆也一样。但毕竟大栅栏一带熟了，买东西、就餐很方便。旅馆临街，附近就有内联升鞋店，我在鞋店为我的母亲买过老北京布鞋；在街边大观楼影院看《野火春风斗古城》的电影，到宋庆龄题写的新中国儿童商店为我的儿子买童衣、童鞋……

最难忘的是：每次住宿大栅栏，我的丈夫总是在一家连一家的小吃店里寻找专卖褡裢火烧的店铺，五元钱一盘四个的褡裢火烧和一碗绿豆米粥足够我们解馋了。

丈夫钟情皮焦、肉嫩、味香的褡裢火烧，这成为我做主妇后的一次又一次仿效制作的美食……

20 世纪 80 年代末，舅舅去世了，之后，我们就不再去大栅栏了。

21 世纪伊始，我挚爱一生的那个男人也走了，他把我一生一世的幸福也带走了，唯一带不走的是漫长岁月里不死的记忆，这记忆包含着京城最繁华的闹市——前门、大栅栏为我们封存的忧伤和温暖。

3

2013 年 5 月 30 日，在阔别了前门、大栅栏 20 余年后，我决定要去生命中不能忘却的那个闹市区走走，我不再迟疑了！

我和挚友韩小蕙约好，午后一点我在《光明日报》社看望她之后就去前门，就去大栅栏。见面后小蕙告诉我，从报社前面搭乘特 1 路公交车，一站即到前门大栅栏站。真是欣喜呀，真羡慕小蕙就在这样繁华的地方上班、当作家。

下车后，一眼看到对面的便宜坊。穿过鲜鱼口美食街，麻辣鸡块、酱猪蹄、北京卤煮、炒疙瘩、六百年焖炉的京城第一烤、王记锅贴、京城莜面发源地的永丰莜面、老北京酸梅汤、炸酱面、爆肚儿……满街的美食真是让人馋涎欲滴了。

终于，走到了前门西侧街头。 在大栅栏入口，第一家店就是“三希堂”，坐落在店门口的“三希堂”铜像在阳光下灼灼闪光。

依然是入口处的“前门八大祥”之一的老字号谦祥益丝绸店，走进这家始建于清朝道光年间的老店，只见店堂入口处的牌匾上写着：这里经营的丝绸面料、丝绸服装及工艺品上万种，高、中、低档一应俱全，既有深受我国人民和世界各国友人喜爱的各种真丝绫、罗、绸、缎、纱、绢、绉、纺等各大类品种，又有少数民族同胞喜爱的各种专用绸缎，如各种裤缎、裤锦、金边绸、龙缎、织锦缎、软缎等。谦祥益是中国目前经营品种最全、规模最大的丝绸店。

紧邻谦祥益的是清光绪二十三年（1897 年）创建的正兴德茶庄。挪步间，就看到了一直未能忘怀的“瑞蚨祥”。默默走进这家始创于清同治元年（1862 年）的老店，一阵酸楚与温暖倏忽便涌上心来：端庄美丽的新舅妈、深蓝色的凡尔丁布，顿时幻化成眼前的五彩缤纷。舅妈，你现在在哪儿？我在心底深深地呼唤着。

走出瑞蚨祥，街对面就是清咸丰八年（1858 年）创建的巍巍壮观的步瀛斋，往前走，就是百年的稻香村、东来顺、张一元茶庄了。走过观音街牌坊，大观楼就巍峨在眼前了。继续往前走，天津“狗不理”包子铺大栅栏分店门前，太监伺候皇太后吃包子的塑像惟妙惟肖。路南一侧是海内外享有盛名的、开业于清康熙八年（1669 年）的同仁堂药店，电视剧《大宅门》的故事让我不由得多看了它几眼。

继续往前走……

舅舅的旅馆应该早到了，舅舅，你能否告诉我，你的家现在在哪儿？我和你甥儿无数次落脚的旅店在哪儿？走过来走过去，再走过来再走过去，智能源宾馆、东升平宾馆、青云阁酒店、中联鑫华酒店、安馨源宾馆、红达悦宾馆、宾客来宾馆……仰望着眼前高高耸立的一座座古老建筑和鳞次栉比的老字号商店、酒店、旅馆，我在心底喊：舅舅，哪家酒店、旅馆是你当年无数次接纳两个清贫学生的地方啊？

走着走着就走到了黄昏，走到煤市街，走过廊坊四条、六条，终于走进了门框胡同。

在这个狭窄、拥挤的小巷里，在一家挨一家的小吃店旁，我终于看到了经营褡裢火烧的同义轩饭庄。怀着感念的心我走进了这家饭庄。无论此饭庄是不是当年那个爱我的男学生数次带我吃美食的饭庄，只要有褡裢火烧就够我怀念了！

不知是离夜宵时间还早还是别的什么原因，这家饭庄此刻没有一人就餐，唯有经营饭庄的一中年妇女和年轻女孩安静地坐在餐桌旁。

在我落座的瞬间，我便看到墙壁的宣传栏里写着 1876 年顺义人氏姚春宣夫妻始创褡裢火烧的简介，这种色泽金黄、焦香四溢、鲜美可口的油煎食品，在经历了近一百四十年之后，成了今天遍布京城的名小吃。

还如当年一样，我要了四个褡裢火烧、一碗温热的绿豆米粥、一小碟咸菜。不一样的是我对面永远不会再坐着我挚爱的那个男人了。我一边品尝着这百年美食，一边泪流不止。中年女人见状递过餐巾纸，问："你是辣椒蘸多了吗？"

从门框胡同出来已华灯初上，大栅栏沉没在一个霓彩的海洋。我匆匆走上前门大街，我要去拜谒我心心念念的大北照相馆。四十多年过去了，当年的建筑已不复存在，修缮一新的大北照相馆应该是今天的前门一景，那在原址上拔地而起的彩绘楼阁在夜色中分外辉煌耀眼。走近它，走近它！

默默抚摸它红艳的廊柱、华丽的门壁，我又一次泪流满面——这个为我们留住了青春和怀念的地方呀……

抬头望天，我多么希望天堂里那个高挑英气的男人，此刻也在凝望这片瑰美之地，凝望我们生命与爱情流连过的地方……

前门、大栅栏，这个中国最繁华、最喧闹的街市，安放了我一份久远而寂静的感情……

与一墨有关的几则日记

我发现，不少作家都写了有关隔代亲情的文章，在这些文字里，我看到了人世间最甜美的生活、最甜美的感情，那便是“天伦之乐”。

自己用生命孕育孩子的感情自是骨肉相连、血脉相通、生死一体、情深意真。某一天，当我们从隔代传人，即我们的孙辈那里体验到一种世间亲情时，你不能不感恩生命的传承是那样的美好，你不能不神思生命遗传的密码是那样神奇！同时，你也不能不感恩那个小生命传递给你的感情，绝对是亲情轮回的又一次馈赠……

我的孙女崇一墨来到这世上，一直在北京与她亲爱的爸爸、妈妈、姥爷、姥姥生活在一起，我的工作很忙，又住在石家庄，于是，与这个隔代亲人我便没有太多的亲近。然而，2007 年 7 月，我在北京装修房子时不慎左踝骨摔伤骨折，不得已我在儿子家住了六天，等待我南方老家的弟媳前来带我回老家。就在这等待的日子里，我看到了一墨——一个 5 岁 8 个月的小孙女传递给我的亲情，这无法阻拦的情感让我一再地体验着关于“血脉传承”、关于“生命密码”、关于“亲情轮回”等这些人世间美好的情缘，这情缘鼓励着我们在艰难人生路上相互搀扶着前行。

几年前，丈夫预感身体要出事时，他第一时间想到的是小孙女一墨，是这个幼小的隔代亲人。他说：“墨墨还小，不知将来还能否对爷爷有记忆？”在昆明总医院丈夫生命垂危时，他颤抖着手给他世间最小的亲人留下了唯一的一段话：“墨墨真好！上幼儿园最操心的就是吃饭、睡觉两件事，这两样她争光了。”我曾说过，我要把丈夫的故事讲给一墨听，我要把丈夫写下的话拿给一墨看。但我一直没有。我在等待，等待一墨懂事，等待一墨长大……

现在，我愿把2007年7月那几天的日记呈现给我的读者，我愿意与你们分享我的一些体验，我相信生命存在的美好应是任何善美的心灵都是相通的。

2007年7月6日

晕头转向忙了一上午，下午2点乘507路公交车到集美建材城订购卫生间、厨房顶扣板，准备7日、8日安装。3点15分订完扣板出来，准备赶到《十月》杂志社与好友小伊会面，然后搭他们单位的班车一起去小伊家，看看她家的居室装修，想学点经验。又想到空手上门拜访不好，就想买一点时尚的花卉带上，于是就在家具城乱转，寻找花店。

就在此刻，一不小心踩空路边的马路牙子，脚踝剧烈疼痛的同时，身体猛烈地前蹿去数米后扑地，十几分钟疼得站不起来。

最后站起来时心想，完了，崴脚了！可马上又想，崴脚算什么事？年轻时打篮球崴过多少次脚？手腕？大拇指？过几天就好了。算了，不买花了，赶紧赶到《十月》杂志社，不然班车要开走了，小伊要着急了，我们是约好了的，时间不等人呢。

真是心急头昏，拖着一瘸一拐的腿连上两趟公交车，竟然都坐错了方向！最后等一辆的士总算到了《十月》杂志社。向小伊轻描淡写地说了声“崴脚了”，就一起坐班车到了小伊回龙观的家。

小伊家的装修现代里透着古典，自然里透着淡雅，给人美的灵光。

我一直忍着疼不告诉小伊。6点30分，我要回家了，小伊说，让你儿子来接你吧。我说，不用，我自己回，现在正下班，路上堵车厉害，从玉泉路到回龙观，没有一个小时孩子根本开不到。说着就从沙发上往起站，这时才发现脚已疼得站不起来，再一看，脚背已青紫，脚脖肿得小碗粗。小伊说，这可不行，赶快给你儿子打电话来接，你也太能忍了！

儿子接电话后匆匆开车赶来，从回龙观径直开往301医院已是6点30分了，立即挂急诊、拍片。完了！最不敢想的事发生了——左脚踝骨撕裂性骨折。医生一边打石膏一边抢白：你错过了最佳治疗时间，三点多骨折，八九点才来医院，干什么去了？一点儿常识也没有……

打完石膏医生说：“必须卧床两周，45天后拆石膏、拍片。”听完我就哭了：天呀，怎么办呢？房子装修了一半，千头万绪的事等着我呢！卧床？这将给儿子家、给孙姐（儿子的岳母）添怎样的麻烦呀！一辈子都不想给任何人添麻烦现在这么大的麻烦降临了，我该怎么办呀！

随后，儿子背我回家，我难过得直流泪，孙姐端上来的蒸面我一口也吃不下，心如火炙。喝了两碗米汤，儿子便扶我进屋，这时已11点了，夜深了，我哀哀地躺下，一夜疼痛、难过、无眠。

2007年7月7日

早晨，孙姐给我端来洗脸水，放在床前的凳子上。我一下子哭了起来，给人家添麻烦了！真是难过死了！

墨墨来了，她站在我床前，说："奶奶，你腿疼吗？你是没看好路摔的吧？"

整整一上午，她都没离开我，没离开我躺着的这张单人床。她在床上一会儿和我头挨头躺着，一会儿又朝床的另一头躺着，一会儿又让我给她读一段佛经，一会儿又说："奶奶，你腿摔了，就怪我昨天没有给佛烧香。今天早上，我给佛上了六炷香，因为我们家三口人，爸爸、妈妈和我，加上姥姥、姥爷、奶奶，一共六个人，我上了六炷。"我听后惊喜不已，这孩子有怎样的佛性呢！

一会儿，她又问："奶奶，爷爷去哪儿了？"

我说："爷爷去很远很远的地方了。"

"爷爷什么时候回来呀？"

“爷爷很久很久才能回来。你还记得爷爷吗？”

“记得。”听此，我感动得流泪了！

“奶奶，爷爷去的地方叫什么名字呀？”

“叫天堂……”刚说出这三个字我就后悔了，我不愿意对这个幼小的心灵说爷爷的“死亡”，可我又怎样向她说清楚“天堂”呢？

这时，扒在床边的墨墨又突然问：“奶奶，人会死吗？人为什么要死？”天哪，她怎么会问这样深奥的问题呢？这正是我在躲避她的问题啊，我该怎么回答她呢？望着她一双纯稚的眼睛，我决定按我浅薄的知识和刚刚接触到的佛法教诲去如实回答。

我说：“是的，人是会死的。但人的精神、灵魂是不会死的，是永在的。好好学佛的人，一生善良，一生为大众为社会做好事不做恶事、坏事的人，是不死的。他只是停止了呼吸。他的肉体就像他的衣服，脱掉了，但他的精神永远留在世间了，他的本质已被佛接到西方净土世界了，他永远不再受苦了。”面对一个五岁多的孩子，我说不清连我自己都不是很懂的问题。但墨墨好像听懂了什么，趴在床边好久没作声，然后出去了。

恰在这时，儿子从医疗器械门市部给我买来了一个金属拐杖，拐杖有四条可移动的活动腿，真是方便极了！我双手扶着金属拐杖就可以下床、可以上厕所了，生活基本能自理了，我可以不麻烦孙姐给我端洗脸水、端饭了！真是太感谢我细心、懂妈妈的儿子！

儿子同时还花1800多元买了一个轮椅，想着我不久回石家庄后，他二舅妈（我弟媳妇）可以推我出去晒晒太阳。我与生俱来就善良至极的儿子啊！

晚上，海默捧着鲜花来看我。这个年轻的诗人老乡走哪儿都是激情盎然，他在和凌儿（墨墨的母亲）讨论早餐，他说“吃早餐不好”“喝奶不好”，说“谁谁从不吃早餐活了一百零九岁”。我和凌儿正笑他的“谬论”时只听墨墨大喊一声：“我不活一百零九岁，我活一百岁时就成佛！”她反复地喊！反复地喊！喊得我们心惊，但又喜悦不已。

那一刻，我在想：这孩子是从哪儿来到了我们的家？难道她真有与生俱来的佛性？！

2007年7月8日

今天是周日，墨墨不去上幼儿园。上午，她又来地下室看我。

她扒在床沿又问昨天的问题：“奶奶，你说我爷爷去哪儿了呢？他怎么不回来呢？”

“昨天不是告诉你了嘛，爷爷去很远很远的美国了，一时回不来。”我想继续敷衍她。

“不对，你昨天说的不是美国。”她执拗地望着我。但我决意不再与她讨论这个问题。

见我不回答，她主动转移了话题，她问：“奶奶，你烦不？”

我说："烦呀，烦死了！"

"你不用烦，烦了你就捻佛珠。"又说："奶奶，你不用烦，我知道你烦其实就是怕麻烦别人。"天啊，她会说"其实"这样的转折词了！啊，想起来了，她两岁时不就会用"因为""所以"来表达一个完整的事情吗！

"其实，你不麻烦别人，我姥姥还是做那几个人的饭，和过去都一样。"唉，我的这个小亲人，竟如此善解人意，居然能揣度我心烦的真正原因！

我们聊了一会儿。她把一个能放音乐的玩具盒给我拿来，说让我听音乐；一会儿，她又把一个玩具小拖车放到我床边的椅子上，让我玩；又过一会儿，她开始帮我打蚊子，打一阵后，她把苍蝇拍子放到我手边，说能让我够着，说地下室蚊子多，发现了好打。

下午，墨墨由她爸妈带着去学习英语、上钢琴课，4 点 20 才回来。

儿子又紧赶慢赶到建西苑帮我去给厨、卫吊顶的师傅结账，直到晚 8 点才回家。我知道工地上没有水喝，这么热的天，孩子在工地待了三四个小时！凡事都不想给孩子添麻烦，不想耽误他，可现在，一切自己能做的事都做不成了，心里好苦呀！

2007 年 7 月 11 日

弟媳刘英接到我摔伤的电话后，速速安排了家务，便千里迢迢乘 21 个小时火车，今天到达北京，儿子去车站接站。

刘英来了，我的心就放下了。这个比我小16岁的弟妹绝对是我的好帮手。丈夫去世后的艰难日子里，她和我的胞妹轮流陪伴着我；撰写《大江北去》时，同样是她与妹妹陪伴我、照顾我。我们之间，有很好的感情。

我和刘英商量，明天她休息一天，后天我们回石家庄。

2007年7月12日

孙姐、刘英都在我屋里陪我说话，墨墨趴在我床上写她的名字“崇一墨”，全写对了。又写她妈妈的名字，她妈妈的名字不太好写，她写的是汉语拼音，也都写对了，我们高兴地赞扬她。

姥姥看到她把“墨”字上面的“黑”字和下面的“土”字写分了家，就开玩笑说：“崇一黑土，日本人的名字。”

墨墨立即大喊：“我不要日本人的名字！我不喜欢日本人的名字！”

我们立即笑着解围，说：“啊啊，我们墨墨是中国人名字，不是日本人名字。”

这时，姥姥聊起她的一个同学名字特别简单，只有三画，叫“丁一”。我们“呵呵”地笑了起来。这时，墨墨突然问：“我妈姓什么？”我说：“你刚才不是写了拼音了吗？笔画很多。”我想，她是否在想，若她妈妈的姓笔画少，她就不叫“崇一墨”，更不叫“崇一黑土”，可以跟妈妈的姓起个笔画少的名字?

正想着呢，她却突然大喊:“我想叫梅洁！我想叫梅洁！”

听此，我们三个大人“哗”一声全大笑起来！笑毕，我感动不已！

亲爱的小墨墨，你愿意和奶奶一个姓名，在你幼小的心灵里，你与奶奶有着怎样的亲近?

2007 年 7 月 13 日

本来计划今天儿子开车送我和刘英回石家庄老家，但他公司有事走不开，决定明天走。

这两天，墨墨可能从她父母那里知道我要回石家庄，她从幼儿园一回来就趴到我床上，来回抚摸我打着石膏的伤腿，说:“奶奶，我不想让你回石家庄！”反复地说。

我总是劝慰她:“奶奶回自己的家方便些，再说有刘英舅奶奶照顾我，你不用惦记。等奶奶腿好了再来北京看你。”

晚上，我正准备躺下，突然听到墨墨大哭。接着看见凌儿抱着墨墨进来了，墨墨一边哭一边蹬腿，后边跟着她爸爸和她姥姥。只听凌儿一边哄一边连连说:“墨墨不哭，奶奶不回石家庄，奶奶不回石家庄！墨墨不哭！”后面跟着的人也连连地在说:“奶奶不回石家庄！奶奶不回石家庄！”

这时我已明白，肯定是大人们在商量我明天要回的事，墨墨听见了，她是真的不愿意我离开啊。于是哭闹起来，他们哄不乖，便把她抱下来，希望我也能证明：我不回石家庄。我明白了此情此景后，也只好对墨墨说：“不哭了墨墨！奶奶不回去了。”墨墨从她母亲肩上抬起头望着我问：“奶奶真的不走了？”“真的不走了。”这时，墨墨才停止了哭。

他们几个离开我屋后，我心里一直不安，墨墨对我的依恋绝对是与生俱来的亲情使然，这让我非常感动！但我肯定是要走的，我们全用欺骗她的话哄她暂时不哭，那明天我真的走了，她该怎么办？

我一夜难眠……

2007 年 7 月 14 日

今天，儿子送我和刘英回石家庄。走时，墨墨不在家，她妈妈带她去上钢琴课了。但我不能不与她告别，这样不辞而别，待她上完钢琴课回来，看我不在还是要哭。更重要的是她发现我们都在欺骗她，对她的伤害有多大？她会说，你们大人说话都不算话！给她留下“大人说谎的记忆”是我不情愿的。于是，我决定给墨墨写封信，我相信这个聪慧的小女孩绝对能够理解我在信中说给她的话，从而不再哭，不再失望，更不给她小小心灵留下“大人说谎”的伤害。

墨墨：

你好！

自奶奶崴脚之后，奶奶发现了你与生俱来的善良和同情心，尤其是发现你对奶奶的关爱和理解。你总在劝奶奶说“不要怕麻烦别人”的话，都是对奶奶最好的关怀，你不愿意让奶奶回石家庄的感情深深感动着奶奶。我们的小墨墨长大了，懂得了亲情，懂得了关心。奶奶有你这样的好孙女，是很大的安慰，很大的快乐，很大的幸福！

但是，墨墨，奶奶还是要回石家庄，理由如下：

一、奶奶的脚已好多了，从前天起已经不疼了，不会往坏的方面发展了。回石家庄后，你和你爸爸、妈妈、姥姥、姥爷都完全不必操心了。

二、回去后，有舅奶奶照顾我的生活，一切都很方便。还有，舅奶奶刚来你们家，她有陌生感，不习惯，有些紧张。回石家庄后，她的心情可以放松。

三、奶奶家房子大，过些天，奶奶就可以慢慢在家练习走路。再则，奶奶的医保单位在河北省，回去看病费用也好报销。再过一个月，奶奶的腿就会好，等能走路了，奶奶就马上再来北京，和你在一起。奶奶回去后，你千万不要哭，在姥姥、姥爷、爸爸、妈妈的关爱照顾下，好好吃饭，好好学习，好好练琴、游泳，健康成长，做个好孩子！

奶奶爱你，想念你！

2007年7月14日于102地下室

信写得很认真，先打了草稿，后又誊写一遍，装了信封，信封上写了收信人地址，收信人姓名崇一墨，就好像要从邮局发走那样。然后我郑重地把信交给她姥姥，说："孙姐，你一定要把信交给墨墨，并念给她听！"姥姥欢畅回应："好嘞！"为让姥姥重视这件事，我特别称赞："你这次是特别邮递员，一定要出色完成任务！"姥姥也高兴地大声说："对，特别邮递员！保证完成任务！"

腊 月 的 味 道

腊八节一过，腊月的味道就一天天浓了。

小时候，我看到母亲一进腊月，就分外忙了起来，除了一双又一双地为我们赶做新鞋、新衣，就是想法做各种美食。比如，腊月初八为我们熬腊八粥，腊月二十三小年，为我们打糍粑、酿米酒、烙芝麻灶饼，除夕为我们包饺子、煲排骨藕汤、做这样那样的蒸菜……无论生活多么清贫，但到了腊月，我们总是能吃上几顿好饭菜的。

小时候，我们没有丝毫享受零食的奢望，但在腊月，母亲总会为我们炒一些苞谷花儿和红薯丁儿之类的东西，那是童年最好的也是唯一的零食了。总也忘不了在恍惚的桐油灯抑或玻璃罩子灯下，母亲为我们炒苞谷花儿和红薯丁儿的情景。苞谷里常常有许多“铁豆”，炒不出花儿来，那我们也吃得津津有味。

母亲就这样为我们做了一年又一年。

我这一生对做饭、烧菜总是兴致盎然，应该是从小受母亲感染的吧。

婚后，我承接母亲的慈心温爱，母鸡揽小鸡般张开宽宽的翅膀，暖护着我的两个儿子、我的家。和母亲一样，一进入腊月，我就醉心地给我的丈夫、儿子们打糯米糍粑，累得大汗淋漓却快乐无限；我从南方老家带来酒曲子，一盆一盆地为我的家人自酿香甜的米酒，米酒里煮两个荷包蛋是丈夫喜欢的早餐，也是年节里我们一家人的美食；我能一次擀 2 斤面的面条，切得细细的为全家人做豆角肉丝焖面、牛肉面、炸酱面、臊子面；我把葱花饼烙得外焦里软，我把土豆丝切得比绿豆芽还细；我学会了蒸又香又暄的包子，学会了一张一张地擀北方饺子皮。最令我开心的是我向邻居大妈、大婶学会了腌制冬菜：雪里蕻、圆白菜、大白菜、芹菜、胡萝卜、水萝卜、辣椒、香菜，经我腌制后酸辣脆甜、各味适中，成为过年饮食油腻之后最开胃、最受欢迎的一道下饭菜。

当年，在贫瘠的塞外，每到冬季，我就三缸四缸地腌制冬菜，因为漫长的 120 多天里，塞外是见不到任何新鲜蔬菜的，腌菜过冬是家家户户必做的冬事。邻居们都说我腌的菜好吃，他们说我的“手气好”。以至于一到冬季，邻居大娘总是让我去为她往缸里摁菜，以至于腌了一辈子菜的我的婆婆也不再自己腌菜，总是让我全程操作，她说我腌的菜香，说她腌的菜发苦且容易腐烂。

如今是新鲜蔬菜常供常新的时代，我的大儿子一家，依然让我立冬之后去为他们腌菜。腊月里，他们一家人赞不绝口的就是吃我腌制的冬菜。

“手气”是什么呢？也许，这是一个生命密码，谁也无法解释这其中的秘籍。我只是觉着我这一辈子都是在用心过日子，因为我有围着我的亲人，我辛苦着并快乐着，我只想一心一意为他们创造生活。

今年的冬季，整整 75 天的日子我在小儿子家度过。因着他的岳母身体不好需要回老家休息，他 3 岁的小女儿需要人照看，我便走进了与儿孙快乐厮守的日子。

与儿孙在一起的日子，回忆过往岁月里无数腊月里的温馨，我总是独自会心一笑。腊八节前一夜，我一直操心早早起床为儿孙熬粥的事，以致睡不实，不到六点就醒来，赶紧把泡好的江米、大黄米、红小豆、绿豆、大芸豆、栗子仁、莲子仁、樱桃干熬成一锅八宝冰糖粥，下午，又为他们用北京米醋泡了一大瓶“腊八蒜”。

我如此用心地做着腊月里的事，我想应该是万千消逝之后的一种情之归依吧。

我的小孙女叫多多，我很感恩与其“共舞”的岁月，这些日子我虽然很累很辛苦，但却幸福着。和一个聪明可爱的小东西在一起，她让你一天说出比平日多一百倍的话，当我用极其温柔又假装童音地与她没完没了地对话时，内心便升腾起无比的温馨和幸福感。

有一次她突然问我，奶奶，你的妈妈在哪儿？我说，在湖北呢。在湖北哪儿呢？在湖北的天堂呀！你不是说爷爷在天堂吗？是呀，他们都在天堂呀！他们为什么都去天堂呀？天堂里有幸福呀！他们不再痛苦、不再生病、不再烦恼……我能看见他们吗？能呀，但现在不能。但他们能看见你，正保佑你健康成长呢……

此后，她多次表达：奶奶，我不想让你去天堂。

我不知道天堂在这个小女伢心里究竟是什么含义。但每每此刻，我总是搂过她，说：奶奶现在不去天堂，奶奶陪多多长大……说这些话时，我们相互拥着，且都已热泪盈眶。

我常想：这个仅 3 岁多的小女伢，小小心灵里藏着怎样的柔情和善感呢?

那天，她又突然对我说：奶奶，我想让我永远在你心里。她说第一遍时，我没听清，我再问她时，她重复了这句话。而重说时她白净、可爱的小脸上已淌满了泪水。我赶紧搂住她说，会的会的，多多永远在奶奶心里！奶奶也永远在多多心里！

她偎在我的怀里，继续说："奶奶，我昨天做了一个梦。"我问："你梦见什么了？""我梦见我和爸爸妈妈在一起，奶奶在很远很远的地方。奶奶，我不想让你去很远很远的地方。"我说："奶奶不去很远很远的地方，奶奶和多多在一起……"

说这些话时，我们总是相互拥着，都已泪流满面，泪流满面！

半晌，小女伢抬起头来说，奶奶不哭、不哭。我说，多多不哭了，奶奶就不哭了。于是，我们两个破涕而笑。之后，她又开始专心地粘贴她的立体纸贴画。

望着这个年幼的小生命，我在想：这是我在世上的最爱了！这个多愁善感的小精灵，你是从哪里来到了我的身边的……

这个腊月，我总在想：什么叫天伦之乐？这就是了。和孩子们在一起，我心变得尤其纯洁天真起来。

孩儿们在屋外燃放的爆竹声断续地传过来，腊月的味道越来越浓了。我要好好地为孩子们做好每一顿饭菜，好好享受天伦之乐！

许多往事与忆念、艰辛与屈辱、苦难与幸福，我都写进文字中了。现在我老了，但我奋斗过、实现过、存在过，上苍会看到我的爱与奋斗，小女伢长大后会懂得我的爱与奋斗……

这是这个腊月里我能想到的最快乐的事情。

这也是这个腊月里我感受到的最难忘的味道。

后 记

2016年12月，大象出版社编辑司雯女士给我发来了短信，她让我写一段九百字左右的短文作为本书后记。接信后，我又读了一遍《寻找家园》，发现收在这部书里的十余万文字，字字都是亲情、都是乡愁啊！对于亲情、故乡的眷恋恰如汉水清澜，绵延千里，生生不息啊！

20世纪50年代末，我离开了故乡。从此，我从南方到北方，从京城到塞外，在我越走越远的路上，乡愁便成为我旅途中再也无法拆迁的"房屋"，收藏着我一路的温暖和寒凉，思念与惆怅，抑或孤独的泪水，抑或慰藉与心殇。写作的日子走过了三十六年，回眸一望，发现自己的文字一直都被这座"房屋"的气息氤氲，而我的呼吸也仿佛一直在这座"房屋"里流淌。

我想，这便是生命与故乡无法割舍的一种情绪。

面对现代人道德信仰、精神追求的迷失，也许乡愁成为心灵深处唯一保留的一片古老的绿荫。离别地理意义上的家园，乡愁会笼罩我们一生，寻找家园最终会成为我们的永远牵念。而所有精神意义的寻找，最终都会回到寻找者生命诞生的那片山地。

“日暮乡关何处是，烟波江上使人愁。”唐代诗人崔颢的这种愁绪道尽了所有漂泊异乡的人的一腔伤情。在我大半生的写作生涯里，在我已发表、出版的数百万字的作品中，无不浸润着我对汉水边“那一大片铺板门连铺板门、女儿墙接女儿墙的黑瓦屋”的怀念，无不弥漫着我对“那小巷缠着小巷、石板路接着石板路的小街”的眷恋……

然而，在我离别故乡的岁月里，童年的“黑瓦屋”永远沉没了，童年的“石板路小街”永远被水葬了！因为故乡的一江清水已千里迢迢地送往北方……

沉入江底的故乡，已成为所有生于斯长于斯的人心灵深处永远无法抹去的印痕。沉没是这座城市的宿命，而永远无法沉没的是来自从心灵深处打捞上来的绝唱。作为游子，无论日后我走在怎样的路上，在我回眸故乡的时候，湖北郧阳便成为一个若隐若现的标志，引渡我流浪的精神进行虔敬的皈依，这是一种神谕般的生命现象和生命力量。

也许，这是整个人类精神中最不会苍老的美丽。

也许，这也是《寻找家园》这部散文集出版的意义。

2017年1月1日于北京